JN033482

Bungeishunju

目次

制作スタッフ

幸良涙花（こうら るいか）……統括プロデューサー

次郎丸夕弥（じろうまる ゆうや）……チーフAD

山田笑太……編成局長

出演者

市原野球……あらゆる飲みの場をセットするお笑い芸人

京極バンビ……モデル出身のギャルタレント

清水可奈……バイプレーヤー女優

滝島ライト……『ゴシップ人狼』MCのお笑い芸人

仁礼左馬（にれいさま）……七年前に流行り終わったお笑い芸人

町田もち子……自称・大喜利ができるアイドル

村崎要……サブカル寄り人気バンドのボーカル

勇崎恭吾（ゆうざききょうご）……超遅咲きのベテラン俳優 兼 事務所社長

甲斐朝奈（かいあさな）……視聴者

1章　この番組には刺激の強い表現が含まれています。

幸良涙花

「いまどこにいるか分からない、と」

電話口で告げられた情報を、ばかのように繰り返す。

「連絡も、取れないと」

心臓と全身の毛穴がきゅっと引き締まる。この業界で十年以上働いていると、起きているトラブルが一発耐えて反撃に転じられるくらいの浅傷なのかプロデューサー生命まで届きうる重傷なのかの判断を、匂いで嗅ぎ分けることくらいはできるようになる。そんな私の勘が言ってる――こいつは、えぐいダメージになりうる。

生放送特番の出演者が、本番四十分前になってもまだ来ていない。連絡も取れない。それが今私に襲いかかっているトラブルだった。生放送といっても、YouTubeやインスタライブの配信ではない。地上波全国二十八局ネット、ゴールデンタイムの生放送特番である。

「幸良さん、顔色悪いっすよ。大丈夫ですか」

次郎丸(じろうまる)くんが心配そうにそう声をかけてくれた。ちなみに次郎丸は苗字で、下の名は夕弥(ゆうや)。次郎丸夕弥、芸名と言われた方が納得できそうなゴツい名前だが彼はスタッフ側。制作会社所属のチーフADである。ADらしくバミテを肩紐に通したADバッグを携え、ロンTとジャージ素材のズボンというゆるい服装だが、それでいて爽やかさと抜け感を感じさせる雰囲気がある。まだ二年目くらいの頃から、「ADってなぜかお洒落だったり爽やかだったりする方がDに怒られづらいんですよ」と言っていた。デキる子なのだ。

「私の顔色、どのくらい悪い？」

「昔、家の鍵とスマホと財布をなくして窓から家に入るはめになった友達が、そんな顔してました」

「私は旅先で、ホテルの鍵とスマホと財布に加えて、レンタカーの鍵もなくしたことあるけど、その時のほうがまだ元気だった気がする」

「それだけドジだと生きづらそうですね」

　私は三十五歳で次郎丸くんは二十八歳。今もなお体育会系の縦社会のなごりを捨てきれないこの業界にいながら、立場も年齢も明確に上である私に対してこうやって遠慮ないコメントをくれるのが彼の良いところだ。

「最近はもう自分のドジにも慣れてきたから、対策するようになったよ。旅行で運転するときは、レンタカーの鍵は絶対なくさないようにGパンのベルト通すとこにぶら下げるようにしたんだ」

「当てましょうか。Gパンに鍵つけてるの忘れてそのまま着替えてGパンしまって、旅行二日目の朝に車に乗ろうとしたタイミングで気づいて車の横でスーツケース開け直すハメになったんじゃないですか」

「何で分かるの」

「勇崎恭吾（ゆうざききょうご）さん、本当に間に合わない感じですか？」

次郎丸くんの淡々とした呆れ声が、現実に私を引き戻す。

本番開始まで四十分。とっくに勇崎さんの入り時間は過ぎている。メイクと衣装合わせを考えると、仮にいまこの瞬間にテレビ局に到着したとしても放送開始には間に合わない、なにしろ今回の勇崎さんのメイクは特別なのだ。なかなかシビれる緊急事態であり、まだ現場のスタッフたちへ正式に情報共有されているわけではないものの、伝聞で状況は伝わっているらしかった。

「マネージャーさん——勇崎さんの奥さんと、今話せた。勇崎さん昨日は夜通し外出されてたみたいで。たぶんどっかで朝まで飲んでたんでしょって言ってた」

「ああ、あの人奥さんがマネージャーやってるんでしたね。じゃあ、泥酔してどっかの路上で寝てるかもしれないんだ」

「そう、今どこにいるか分からない」

「凄いな、いろいろ激しい噂は聞いてたけど、まさかゴールデンの生の番組に遅刻するなんて。幸良さんも、全国ネットの生放送で遅刻者を出した統括プロデューサーとしてテレビ史に名を残せるかもしれないですよ」

次郎丸くんの軽口に、

「生放送に出演者が遅刻すること自体は、別にわりとあることだよ。千鳥のノブさんは正月のお笑いの特番で七時間遅刻してるし、フジの『ノンストップ！』だと小籔さんだったり博多華丸・大吉の大吉さんが遅刻したことがある。その大吉さんがMCの『あさイチ』にナイツの塙さんが遅刻したこともある。前例ならいくらだってあるんだから」

絶対いまこんな話なんかしてる場合じゃないにもかかわらず、早口でまくしたててしまう。次郎丸くんは目を細め、

「なんで生放送遅刻事例のデータベースが頭に入ってるんですか」

「そりゃインパクトあることだから、覚えてるよ」

「テレビを愛しすぎですよ。まあ、前例があるならそんなに焦る必要ないじゃないですか」

「いや、次郎丸くんも分かってるでしょ、今日の放送は勇崎さんマストなの。勇崎さんが縦軸みたいなもんだから。それに、予告でもかなり勇崎恭吾が出演するってことで煽(あお)ってるし」

勇崎恭吾は今年で五十二歳のベテラン俳優である。七年ほど前の映画出演〈ヒロインのお父さん役〉をきっかけにブレイクした超遅咲きタイプ。最近独立してタレント事務所〈勇崎オフィス〉を立ち上げており、数名のタレントが所属している。所属タレントをドラマや映画、バラエティで見かける機会も多く、社長業としても順調である。間違いなくバラエティ番組、しかもこんな超ハイリスクな番組に出るようなタレントではない。

「ねえ次郎丸くん」頭二つぶんくらい高い位置にある彼の目を見上げる。「どう思う？　出演者の遅刻は私の責任？　それとも外的要因？」

「番組に関する全ての責任はプロデューサーに帰する」次郎丸くんは抑揚を削ぎ落とした声で言

った。「僕はそう認識してますけど」

「なんでそんな容赦なく酷(むご)いことを淡々と言えるの」

「プロデューサーとしての幸良さんを信頼してるからですよ」

「私が担当する番組、深夜で始まった時はいいけど編成変わって時間帯が少しでも上がったら急に失速して終わるって言われてるんだけど」

番組死神とかいうひどくて語呂の悪いあだ名までつけられている。

「それでも記憶に残る番組ばかりです」

次郎丸くんはトーンを変えずに、

「僕は幸良Pの作る番組好きです。信頼できる作り手だと思ってます」

「次郎丸くんは信頼してくれてても、会社は信頼してくれてないんだよね」

「信頼してくれてるから、ゴールデンの二時間特番を任されてるんでしょ。三十五歳でゴールデン特番やれるのは期待されてる証拠じゃないですか」

「もう周りから色々言われまくりだよ、局長と寝たのかとかどうやって脅したんだとかいよいよテレビの時代も本当に終焉かとか。寝てないし脅してないし、なによりテレビの時代はまだ終わってないから！」

「酷(ひど)いですねぇ」

「そもそも私、ゴールデンなんてやりたくないってずっと言ってたんだよ。ずっと深夜でがっつりお笑いの番組やりたいって言い続けてたし。だけど編成局長の山田さんがなぜか私を指名してきたの」

「指名で仕事もらえるなんて、プロデューサー冥利に尽きるじゃないですか」

「絶対、扱いやすいからだよ」私は断言した。「これが大御所の佐藤さんとか高橋さんとかだったら色々立場もあるし他の番組も任せてるから自分の意見をごり押ししづらいけど、三十代の女プロデューサー相手ならやりたい放題指示できるって思ってるんだよ。現にえぐい注文来まくったし」

本当にえぐい注文が来て、台本直したり急遽撮ったＶＴＲの編集チェックしたり、この二週間は片手で数えられるくらいしか家に帰ってない。今時ＡＤすら帰れ帰れ休め休め働くな働くなと言われるご時世なのに。

「でも、さすがに扱いやすいってだけで選ばれてはないでしょ。特番失敗したら山田さんだって困るわけだし。しかも記念すべき初の生放送回、ちゃんと回せるプロデューサーを立てたかったんだと思いますよ」

「この特番がコケたらさ」私は次郎丸くんをまねてなるべく淡々と言ってみた。「私制作外されることになってるんだ。営業か経理か、とにかく制作からは離される」

次郎丸くんは珍しく、目を丸くしていた。彼の脳内ではいま、スーツを着て広告代理店と打ち合わせをしたり机に向かって伝票を処理したりしている私をイメージしようと試みているのだろう。パーカーとニューバランスの私しか見たことのない彼には至難の業であるはずだ。というか私ですら想像できない。スーツなんて入社式以来着ていない。

「コケるって、具体的には」

「この特番、ツークールごとにやってて今回四周年だから……もう八回目でしょ？　これまでの七回の平均視聴率を下回ったらアウト」

そもそも総個人視聴率(PUT)が毎年前年割れしてる中で、これまでの視聴率を超えるというハードルは、改めて口にすると震え上がってしまうくらいに高い。

「視聴率だけじゃなくて、ネットでも話題かっさらえって言われてて。旧Twitter(X)トレンド一位とれないと駄目って。それくらい話題にしろって」

といいつつ、これは正直クリアできると思ってる——番組の内容的にも話題になりやすい要素だらけだし、SNSとの親和性高い作りだし。

「あと、事故ったらもちろんアウト」

トーク番組の生放送というだけでうちの局では十数年ぶりくらいだし、しかも内容が内容なので、あらゆる種類の事故があり得る。全財産をどちらかに賭けろと言われたら、私は迷いなく今日のオンエアが事故る方に賭ける。

「いや、ヤバすぎでしょ。ふつうそこまで課されないですよ。何でそんなことになっちゃったんですか」

「私のドジと不器用さがついに会社にバレちゃって」

「というと」

「この間、担当してるレギュラー番組の収録でさ、たまたま養生されてなかったカメラのケーブルに引っかかって転んじゃって、しかもその流れで大御所司会者にお茶ぶっかけちゃって」

「ああ……」

「急いで謝罪しようと思ったんだけど、やらかしちゃった後悔と焦りがあまりに強すぎて、何か脳の変な回路がつながっちゃって、敢えて逆だ！　の思考で『たまにはこんな感じで若手の頃の気持ち思い出してみるのもいいんじゃないでしょうか』的なこと言っちゃった」

「ええ……」次郎丸くんの顔が歪む。

「しかもそれがたまたま編成局長とかエラい人たちが見に来てる収録だったんだ」

「幸良さん」

次郎丸くんが歪んだ顔をぷるぷる震わせながらも、真顔をキープしつつ、

「〝ドジ〟とか〝不器用〟って、社会人歴十年超えてる大人が自分に対して使っていい語彙じゃないですよね。窃盗を万引きって言ったり売春をパパ活って言ったりするのと同じで、〝仕事できない〟を可愛く言い換えてるだけです。そういう逃げの語彙使って〝私ドジだから〟的な言い方でセルフハンディキャッピングしてごまかし続けてたら、いつか取り返しのつかない大失敗を引き起こしますよ」

淡々と噛まずに言い切られた長尺の正論が私の自尊心を貫く。

「次郎丸くん。一応確認しとくんだけど」

「はい」

「君は私の部下だよね。七歳年下の」

「僕は制作会社の人間なんで厳密には取引先ですけど、同じ番組のチームという意味でなら部下ですね」

「年上の上司に正論を言うときは、絶対に芯を食い過ぎちゃいけないんだよ。立ち直れなくなっちゃうから」

本当に刺さってしまって、腰に力が入らない。今にもこの場に寝転がってしまいそうだった。

「まあいまのは冗談ということで」

「冗談じゃ済まされないくらいには真芯を捉えてたよ」

「幸良さんはドジで不器用だし現場の仕切りも甘いことが多いけど、テレビが好きな気持ちは誰にも負けないでしょう。だからこそ企画も強いし」

次郎丸くんは私から目を逸らさずまっすぐと、

「無限に湧いてくるトラブルとハプニングを飼い慣らしてこそ、テレビマンでしょ。この遅刻も鮮やかに解決して数字も取って、上の人たちを見返してやりましょうよ」

「爽やかに難しいこと言うけど……」

勇崎さん不在のセットを想像して、身体が熱くなってくる。嫌な汗が脇とか背中を伝う。

「それより、さっさと緊急の制作打ちやった方がいいんじゃないですか？　勇崎さんのパートどうするか決めて全体に指示してあげないと。副調整室(サブ)も混乱してるだろうし、ちゃんと連携しとかないと事故りますよ」

的確なコメントを残した直後、次郎丸くんはＡＤの子から呼ばれ、そちらの対応に向かっていった。

「何から何までその通りすぎて本当に」

本当はこの子はすぐにでもディレクターに上げて、ＶＴＲの一本でも作らせるべき人材なのだ。

私はスイッチを切り替え、スタジオ下手(しもて)側の長机に駆け寄り、ノートＰＣを置いて指を走らせる。勇崎さん登場のシーンに間に合わなかった場合はそのくだりなしで行けるように、台本を切り貼りしていく。今から書き上げてプリントアウトしてカンペにも反映してもらって――段取りを脳内で組み立てながら、勇崎さん不在バージョンの台本を整える。

「勇崎さん遅刻だって？　大変だな、コーラちゃん」

この世で最も私の神経を削るタイプの野太い声が、背後から飛んで来た。

「山田さん、お疲れ様です。早いですね」

「まあ、俺が色々注文つけさせてもらったわけだし、現場見に来ないと駄目っしょ」

編成局長の山田さんは、余裕をにじませるような口調のわりに目がまったく笑っていなかった。ただ、山田さんの周囲三十センチだけ九〇年代の空気を保存してあるかのように、かつてテレビが絶頂期を迎えていた頃の輝きをまとっている。

「山田さんからも連絡取れないですか？」

「全然つながんないわ。あの馬鹿、昔から時間と金勘定にはうるさいクチだったんだけどなぁ」

山田さんは勇崎さんと同い年で、なんと中学の同級生だという。昔から悪ガキとして二人でつるんでいたらしい。その辺の武勇伝は暗唱できそうなほど聞かされていた。何しろ、今回の特番に勇崎さんの出演を取りつけてきたのは山田さんなのだ。

取りつけてきたというとお手柄のように聞こえるが、もう少し実際的な表現をするなら〝ねじ込んできた〟と言う方が的確だと思う。八割方固まっていた台本を勇崎さん中心に作り替えて出し直させられたときは深夜のデスクで泣き言の見本市を開いた。

自分が無理矢理入れた俳優が遅刻となればもう少し申し訳なさそうな雰囲気を出しても良さそうなものだが、彼は自分が部下に謝るという選択肢を持ち合わせていないタイプのお偉いさんだった。

「遅刻はしゃーないけど、構成はなんとか上手く元の通りにつなげてくれよ。俺と局の面子がかかってる」

その言葉に、私の胃はパティシエが握る生クリームチューブのようにきゅるきゅるに絞られた。口から生クリームを噴出しなかっただけよく耐えた方だ。

「も、もちろん勇崎さんなしでも数字が取れるように全力を尽くしますよ」

「あれ、聞こえなかった？　上手く元の通りにつなげてくれって言ったんだ。数字ももちろん重要だが、それ以上に今回は例のくだりを放送することが何より重要だからさ」

「勇崎さんが間に合えば、もちろん」

「間に合わなかったときにどうするかまで考えるのがお前の仕事だろ、統括プロデューサー」

この短い、三分にも満たないやりとりで自分の心がずしりと重くなったことに私は絶望した。さっきまで次郎丸くんと喋ってたときは、ピンチながらもなんとか頑張ろうという気になれたけど、今はもう何か台風とかとんでもない大事件とかが起きて番組が臨時ニュースに切り替わるような、そんな奇跡が起きるのを祈るモードに入ってしまいそうだった。番組を任される人間として失格の思考だ。だけど、勇崎さんが来てないのにどうやって勇崎さんがいる前提の構成をやれというのだろう。仮にもテレビ局で編成局長張ってる人間なら、それが無茶な要求であることくらい分かるだろうに。

理不尽な圧力を受けたとき、私の感情の割合は怒りや反発より恐れとか不安とか憂鬱が勝つ。その弱さが嫌いだった。何度も「この業界に向いてない」と言われる要因だった。

「幸良さん、ちょっと確認お願いします！」

何とかして山田さんとの会話を打ち切りたいという私の願いを聞き届けたかのように、次郎丸くんが私を呼んでくれた。私は軽く山田さんに会釈すると、そのままここには戻らないという意思表示も込めてノートPCを手に取り、次郎丸くんを中心にADの子たちが集まっているところへと早足で向かった。向かおうとした。視界が縦に半回転した。

早く山田さんから逃れたい一心で足を動かしていた私は、バミリ用の養生テープが足元に転がっていることにまったく気がつかず、そいつを思い切り踏みつけて前進しようとした結果、盛大に転んでしまった。

恥ずかしさで体温が十度くらい上がったんじゃないかと思った。

「何してるんだ」

山田さんの呆れた声が、私の羞恥心を加速させた。一刻も早く体勢を整えようとして起き上がるが、足首を変な角度で曲げてしまい、うまく立ち上がることが出来なかった。

自分の重心を見失いながら、「二度も転ぶわけにはいかない」という思考で脳が埋め尽くされる。私は数歩よろめきながらも、なんとかこの身体を再び床に這わせるのを防ぐために、手近な物体に手をついた。

これが、身体を支えるための物体としては考え得る限り最悪の代物（しろもの）だった。ADの子の「あっ」という短い声に、私は自分の運命を悟った。

私が手をついたのは、番組中の罰ゲームで使う電流椅子（ビリビリ）だった。別に、電流さえ流れていなければ何の変哲もないただの椅子であり、本番中ですらない今は絶対に電流など流れていないはずなのだが、テストしたＡＤがスイッチをオンにしたままにしていたらしい。本来は衣服の上から流れる想定で調整してある強さの電流が、裸のてのひらを入場口にして私の身体じゅうへ駆け巡った。ドジと不幸の合わせ技一本。

痛みに身構えていない、むしろ転倒から起き上がろうとする無防備そのものの状態から全身の激痛。なすすべなく叫びながら床に倒れ込んだ。床が針の山になったのかと思うくらいに痛みが続いて手が動かない。息を吐ききるように、えぐい、という三文字の感想がこぼれる。

呻(うめ)きながら床を転がっていると、徐々に痛覚以外のいたさ――スタッフたちから刺される視線に気づいた。この現場を仕切る人間が床を転げ回る姿は控えめに言っても滑稽すぎる光景だろう。若いＡＤの子たちからおじさんのカメラマンたちまで、一様に笑いを噛み殺すようなぷるぷるした顔をしていた。

「ちょっと、笑ってないで助け起こしてくれたらよくない？」抗議しつつも、私に気を取らせてる場合じゃないと思い、真面目なトーンに切り替えて言う。「ＯＡ(オンエア)三十分前だよ、仕事して！」

スタッフたちがにやつきながらそれぞれの作業に戻る中、次郎丸くんが遠慮なく爆笑しながら駆け寄ってきた。

「ちょっと芸術的すぎますって。ドジピタゴラスイッチじゃないですか。大丈夫ですか」

私はふらふらと立ち上がりつつ、所感を述べた。

「芸人さんのリアクションって、マジなんだね」

「ＰＣぶん投げてましたよ」

次郎丸くんが指差す方を見ると、下手側の端の壁際に設営された簡易楽屋の前まで投げ飛ばされた、哀れなノートPCが見えた。電流と衝撃の二種類のダメージを受けたことになる。私の思考は電流を切り忘れていたADへの嘆きから、さっきまで書いていた台本データが生存しているかの不安へと一気に切り替わった。

「生きててくれ頼む」

あわあわと走ってPCを拾おうとする私に、次郎丸くんが「また転びますよ！」と忠告を投げてきた。失礼な、流石（さすが）にもう大丈夫だから、と言い返すより早く、電流によって若干痙攣（けいれん）気味だった足は、壁際のPCまであと二歩という地点で見事にもつれた。思わず壁と、壁際に置かれていたでかい段ボールで身体を支えた。

誓ってもいいが、私はちゃんとすぐ壁にも手をついて体重を分散させた。箱が倒れるような力はかけていない。ここまでドジを重ねてきたけど、もうこれ以上はさすがにお腹いっぱいだ。

だけど結果として箱は倒れた。一人暮らし用の冷蔵庫くらいは入りそうな箱だったので、鈍いながらもけっこうな大音量がスタジオに響いた。

「マジでどんだけ罪を重ねるんですか」

次郎丸くんが手をとって起き上がらせてくれる。

「うっ、ドジが罪だという前提の発言……てかこれ何？　壊れ物じゃないよね？」

箱には特に何の記載もなかった。昨日私が小道具を確認しにきたときにはなかった気がする。美術関係の箱だったらまずいかも、と思いつつ、私は中を検（あらた）めようとフタにあたる面のガムテープを慎重にはがして開いた。

そこから覗く中身に、私と次郎丸くんは顔を上げて目を合わせた。次郎丸くんはADバッグからカッターナイフを取り出して段ボールを素早く――それでいて慎重かつ丁寧に――解体した。

段ボールが展開され、敷き布団のようにその中身の下敷きになった。

あおむけになったその腹にしっかりと人の命に届きうるサイズの刃が刺さり、赤黒い液体がジャケットを染めている。そこまではいい。問題は、その目が白目を剝いていることと、その顔が生きている人間のものとは思えないほどに冷たいこと。

箱に入っていたのは勇崎恭吾の死体だった。

二度目の絶叫がスタジオに響いた。サスペンスによくある「きゃー」的な甲高い悲鳴ではなく、音で言うと「うおお」の三音をベースにした可愛げのかけらもない私の悲鳴。

仁礼(にれい)左馬(さま)

スタジオから前室(ここ)まで届く「うおお――」という悲鳴。おれのピンマイクを調整してくれていた音声さんが、怪訝(けげん)そうに首をかしげた。

「何かあったんですかね」緊張をほぐすために声をかけた。

「どうせまた幸良(コーラ)Pが何かドジってるんじゃないっすかね」

おそらくおれより十歳近く年下であろう音声さんは、タメ口との境界線上くらいのゆるい敬語でそう返してくれた。それだけ仁礼左馬というタレントに対して親しみを持ってくれているということだろう――おれの思考は常にポジティブに流れるよう重力を操作してある。

「幸良さん、そんなドジなんですか」打ち合わせしてるときはそんな感じじゃなかったけど。

「ディレクター時代に、番組の最後に出すプレゼント応募用のＱＲコードを間違えて、なぜか国税庁がe-Taxの利便性を案内してるページに飛ぶやつにしちゃって、いわゆる陰謀論的な界隈の人たちが〝国がメディアを操って納税額を増やそうとしてる！〟みたいなことを投稿しまくるっていう炎上を起こしたことがあるらしいっす」

「そんな強いエピソードがすっと出てくるレベルなんですね」

　これから全国ネット生放送でエピソードトークをする立場の芸人として、身が引き締まった。

「たぶん他のスタッフに聞いたらみんな違うエピソード教えてくれると思う、っす」

　最後はほぼタメ口になりかけていたのをギリギリで踏みとどまってくれたらしい。だが、それよりも気になる点があった。

「そんなドジエピソード持ってるプロデューサーが、この特番仕切れるんですか。しかも生放送で」

　プロデューサー批判に聞こえないよう、おどけた口調を強調して訊くと、

「幸良Ｐ、ドジだし仕切りは苦手だけど、テレビへの愛は人一倍なんすよ」

　そう言ってピンマイクをしっかりセットすると、音声さんはぱんぱん、とおれの背中を叩いた。

「声、震えてますけど。頑張ってください」

　一瞬、おれは自分がかけられた言葉を理解できなかった。ひょっとしてこの音声さん知り合いだったのか？　と思ったがそれはない。おれの記憶にこの人の顔も声も存在しない。初対面だ。

　初対面の二十代の青年スタッフに、気安く背中を叩かれて軽々しい応援の言葉を吐かれる。その行動の意味をもう一度咀嚼して、ようやく理解した。

そっか。

おれ、舐(な)められてんのか。

「今日の衣装は、スーツなんすね」言外のニュアンスをわざとらしく込められる。やはり気を遣う相手として見なされていないのだ、と受け止める。

「まあ、トーク番組なんで。スタイリストさんが選んでくれたんです。『すべらない話』とかも、やっぱみんなスーツじゃないですか」

「えー、絶対あの衣装で出るべきでしたって。じゃないと視聴者、誰かわかんないですよ？」

最近のスタッフさんってこんなにぐいぐい来るの？　という尻込みと同時に、それもおれが舐められてるからだとすぐ解答が出る。本番三十分前にしてもう精神がすり減って消えてしまいそうで、すぐにでもこのやり取りを終えたいと思っていたところに、おれとも音声さんとも響きが違う、ハリのある声が飛んできた。

「うい、仁礼。久しぶり！　元気しとった？」

この特番のＭＣ、滝島さんだった。細長い体軀にばっちり沿ったオーダースーツの光沢と、決して顔で魅せるタイプではないのに、そこに立ってるだけで華がある濃い目鼻立ち。

「滝島さん、お久しぶりです！」

おれは顔を上げたまま、可能な限り深々と頭を下げた。メイク室でも会わなかったし、楽屋挨拶に行ったときもちょうど寝ていらっしゃるタイミングだったのでまだ挨拶出来ていなかった。

「滝島さん、ピンマイク失礼します」

「はいよろしくお願いします」

音声さんの顔からさっきまでおれに見せていた軽薄な表情が消え、引き締まった顔と丁寧な手つきでピンマイクをつけていく。おれが舐められていたという事実がより際立った気がして精神がまた一センチすり減る。

音声さんが手際よく作業を終えて立ち去っていったのを見送ると、おれは滝島さんにまっすぐ向き直った。

「滝島さんと同じ特番に出るなんて、もうマジで無理だろうなって諦めてました」

「そうよなぁ、俺もあの一件あってからほとんどレギュラー飛んだしなぁ」

滝島さんが自分でその件に触れるとは思わなかったので、焦る。数年前に暴露系インフルエンサーに抜かれたスキャンダル。そういえば、おれとは別の意味で滝島さんとの共演が珍しいあの人の名前が出演者一覧の中にあったな……と思い至る。この辺には触れてはいけないスイッチがいくつか眠ってそうな気がして急に怖くなり、とにかく明るく返す。

「いや、どう考えても滝島さんじゃなくておれ側の問題でしょ！　深夜番組とか含めても、テレビに出るの数年ぶりっすよ」

「潜(もぐ)ったなぁ」滝島さんは感慨深げに「お前が売れて番組出まくってたころに一回、収録終わりに飲み行ったことあったよな。あれは三年前くらいか」

「いや、七年前です。七年前の十月六日金曜日。おれが滝島さんの番組にゲストで出させてもらった日です」

「もうそんなに経つか。てか、相変わらず記憶力良すぎるやろ」

「時が止まったのかな、ってくらいスベった収録だったんで、印象深くて覚えてます」これはちょっと嘘だ。時が止まったのかなってくらいスベった収録なんていくらでもあるから印象深くもなんともない。単純に、おれがあらゆることを覚えているというだけだ。

「せやせや。あまりに哀れで、俺から誘ったんよな。俺が後輩誘うの相当珍しいからな」

「スベったおかげで滝島さんと飲みにいけたって考えると、案外不幸中の幸いっていうか、逆にもう〝幸い中の不幸〟だったのかもしれないです」

「どういうことやねん」まだMCとしてのスイッチを入れてはいないらしく、テレビ画面越しでいつも見るようなシャープなつっこみは飛んでこない。ゆったりと微笑している。そりゃそうだ、前室でばりばり肩回してるMCは何か嫌だ。

「緊張してるんやろ」

滝島さんが悪戯（いたずら）っぽく言った。その視線の先には、おれが身体の前で組んだ手。小さく震えている。

「いや、そりゃ緊張しますよ。ただでさえ超久しぶりのテレビだし、生放送だし、しかも内容が内容だし……」

「確かに、ブランクあっていきなりここに放り込まれるって、無茶苦茶シビれるな」

「ほんと、今回の特番（これ）も何で呼んでもらえたのか全然分かってなくて……けど、たぶんこんなチャンスもう二度と来ないから、絶対に摑みたくて」

この特番で爪痕を残すこと――それがおれの今日の使命。

この仕事が決まったときの、相方の顔と激励の言葉が浮かぶ。

――この特番で流れ変えるぞ。ぜったいにカマせ。間違っても一ターン目追放だけは避けろ。

本当なら自分が出たかった、という思いが表情筋を支配していた。おれも相方が出た方が良かったと思う。マネージャーも相方が出た方が良かったと思ってたと思う。

「呼ばれたからには、全力でやれよ。お前が呼ばれたことにも、制作側の意図がある。俺がいくらでもフォローするから、頭使って臨めよ」

滝島さんの言葉が、震える手を包むようだった。

〈アカンパニー〉というコンビの頭脳と身体は相方が担っている。ネタはすべて相方が書いているし、MC（まわし）、裏回し、ツッコミ、ロケ、大喜利、ギャグ、トーク、運動神経やリズム感、顔、華、先輩づきあい――あらゆる芸人としてのスキルで相方はおれを上回っている。おれが勝てるのはクイズとかそういうのくらいで、バラエティの平場（ひらば）で使える武器はなんにもない。だがそれでも、この特番のキャスティング権を持ってる人はおれを選んだ。

まあ、本命の芸人に何人か断られて、スケジュール空いてて、ギャラが合って、炎上しても構わない芸人としておれの名前が挙がっただけなのかもしれないけど。

そんなおれの内心を見透かすかのように、滝島さんがおれの両肩をがしっと掴んだ。

「この特番の成功はお前にかかってるといっても過言やない。気合い入れろよ」

「いや、過言でしょ」

おれが笑ってつっこむと、滝島さんはおれの肩から手を離し、ふらふらと手を振って「俺はちょっと早めに入るから」と言ってスタジオへと入っていった。

前室には、まだ共演者は誰もいなかった。前室での立ち振る舞い、どうしてたっけ。あの頃はいつもスケジュールに隙間がなくて、時間ギリギリに局入りしてバタバタでメイクしてもらって前室に来るのもいっつも最後の方だったから、こんなに時間を持て余すこともなかった気がする。どうしよう、ディレクターさんに話しかけてみるか……と思案しているところに、

「おはようございまーす。今日はよろしくお願いしまーす」

からっとした挨拶とともに、京極バンビちゃんが現れた。しっかり巻かれた肩までの金髪とカラフルなネイル、おそらくカラコンで増幅されている眼球と、その眼球の直径よりさらに長そうなつけまつげ、ラメできらきらしたシャドー。ギャルタレントそのもののいでたちだが、そのこてこての風采よりも笑顔の晴れやかさの印象が勝る。

今日の共演者を知らされたときに、二番目に驚いたのがバンビちゃんだった（一番は勇崎恭吾さん）。テレビで見ない日はないし、TikTokとインスタとYouTube、三つともフォロワー・登録者数が百万人を超えている売れっ子——こんなリスキーな番組に出るようなタレントじゃない。バンビちゃんはこの空間にまだおれしかいないことをみとめると、おれの方へつかつかと歩み寄って来た。

「初めまして、〈勇崎オフィス〉所属の京極バンビです。楽屋挨拶行かせていただいたんですけど、ちょうどいらっしゃらなかったみたいで。今日はよろしくお願いいたします！」

しっかりした直立からの深々としたお辞儀。ギャルの見た目から繰り出される百点の挨拶だった。芸歴がおれより浅いとはいえ、売れに売れているタレントにここまで丁寧にされると逆に恐縮してしまう。

「よろしくお願いします。〈アカンパニー〉の仁礼です。楽屋いなかったのは、トイレ行ってたときかも。全然気にしてないっていうか、もうおれの方が挨拶行かないといけないくらいなのに

ごめん」

「なに言ってるんですか、あたしアカンパニー超好きですよ。ネタめっちゃ真似してました」

「うわー、ありがと。今活躍してる子にそう言ってもらえると嬉しい。京極さんこの間の『さんま御殿』見たけど、もはや貫禄あったもんね」

「バンビでいいですよ、仁礼さん」にっこり。「仁礼さんって下の名前、なんで左馬って言うんですか？　芸名ですか？」

芸歴八年目でまっすぐ芸名の由来を問いただされると少し気恥ずかしい。

「深い理由はなくて、ノリで決めちゃったんだけど。下の名前を敬称にしたいなって思ってつけただけ。ＭＣのめっちゃ先輩の人からも仁礼さま、って呼ばれたりしたら面白いかなって」

「いや、アクセント違うし。変な人ですね、仁礼さん」バンビちゃんはけらけらと笑った。おれは単純なので、それだけで身体があったまってくる。

「ま、あたしのも響きが可愛いからつけただけなんですけど。バンビって鹿だから、鹿と馬であたしたちお馬鹿コンビですね」

出会ってまだ数十秒なのに、もうすでに打ち解けているような錯覚を覚える距離感。売れても腰が低いし、それでいて懐に入り込んでくる人なつっこさもある。そりゃ売れるよな、スタッフさんにも気に入られそうだ。

「バンビちゃん、めちゃくちゃ忙しいでしょ」

「おかげさまで、昔よりは。けどあたし、どのお仕事よりもこの番組がいちばん緊張してるかもしれないです」

「ああ……それは間違いないね」

「昨日の夜とか今日の台本の最初のページずっと写経してました」

「いや、最初のページほぼ滝島さんのMCでしょ」

バンビちゃんの距離感につられて、おれも気安くつっこみを入れながら笑う。すごくリラックスできてる気がする。

「え、でも仁礼さんも台本ちゃんと把握してますね」

「おれ、一回見たものとか聞いたもの、忘れられないんだよね」気がつくと、あまり人に話さないことまで話してしまう。「全部きれいに覚えちゃうから。台本もすぐ全部頭に入っちゃう」

「え、めっちゃ便利じゃないですか。いいなぁ」

「いや、これがもう地獄。スベった収録のスタッフさんの表情とか舞台で失敗したときの相方のテンパった顔とか、マジで全部忘れらんないの。風呂でシャンプーしてるときとか夜寝る前とかにちょっとでも意識しちゃうと、全然頭から引き剝がせなくて毎回吐きそうになる」

「そっか、嫌な記憶も忘れられないんだ。それは大変」バンビちゃんは口元に手を当てて驚きの所作を見せたのち、すぐに顔をほころばせて、

「でも、台本覚えれるのはすごくいいことじゃないですか。仁礼さん、まじあたしがテンパっちゃったら助けてくださいね。こういうときってマジ、芸人さんに頼りっきりになっちゃうんで」

助けてほしいのはおれの方なんだよな、なんて弱音は吐きたくなくて、とはいえ「任せといて」なんて口が裂けても言えなくて（おれはさっきまで緊張して手を震わせてた芸人なのだ）、少し話を逸らす。

「おれ、そもそも人狼が苦手なんだよね。おれが人狼やるといっつもすぐバレちゃうし、ほとんど初日に吊られるか噛まれるし、占い師になっても変なとこ占っちゃうし」

「まあ、この番組のやつは人狼とはちょっと違うじゃないですか。占い師とか騎士とかなくて、村人と人狼だけだし」

「そうだけど……だまし合いとか苦手なんだよね」

「確かにお前、苦手そうやな」

新たな人物の登場——今日の出演者で、おれと滝島さん以外で唯一の芸人、市原さん。見ると、その後ろに他の三人の出演者たちもいた。廊下で一緒になったらしい。市原さん含め、この四人には楽屋で挨拶を済ませてる。

おれが立ち上がって改めて挨拶しようとしたところで、ばたばたと廊下を駆ける音がしたかと思うと、開けっぱなしのドアをノックして、ディレクターらしき女性が入ってきた。

「すみませーん、皆さん揃ってますかね？　良かったら直前告知用の動画撮らせてくださーい」

ジンバルを構えながら、ディレクターが言った。ジンバルによって、ディレクターの手が多少揺れてもカメラ部分はブレずにまっすぐ対象を捉える。なにごとも上手くいってる人の人生みたいだ。道を間違えそうになっても誰かが正しい道に戻してくれるブレない人生——どこかでたとえつっこみとして使えるかな？　と考えてみたけどあまり生かせなそうだ。ちなみに、手ぶれを補正するための器具である。ジンバルってそこまで単語としての認知度がないから伝わらなそう。

最近はYouTuberもよく使ってるのでわりかし認知度あるかな？

「じゃあ、バンビちゃんからお願いしようかな」ディレクターがカメラをバンビちゃんに向ける。

「外で撮りますかー?」バンビちゃんが廊下を指さす。ディレクターは首を横に振った。

「すみません、前室の中でお願いします。すぐ終わるんで、皆さんお手間かけますが、ご協力お願いいたします」

ディレクターはおれたちの答えを待たずに、ドアを閉めて撮影を始めた。余計な音を立てないように口を引き結ぶ。

「私が質問振るんで、それに答える感じでお願いします」

「オッケーです」

「じゃあいきます――はい、回った」

撮影開始が告げられると、すでにバンビちゃんは自然な笑顔を作っていた。

「今日は何時入りですか?」

「実は別の番組の収録があって、今日はお昼から今までずーっと局にいます。けど楽屋に置いてもらってた叙々苑のお弁当で元気チャージできてるんで、絶対勝ちまーす」

滑らかな答え。そこからディレクターの合図を受けて、番組名と開始時刻を正確に口にしたあと、「観てね!」と締める。鮮やかなコメント撮り。

「はいバンビちゃんオッケーです!」

すごいな、と思う。急にカメラを向けられて即座に正確な番組名と開始時刻とちょうどいいコメントを言える適応力、前室の地味な背景でも映える明るい笑顔――そのへんの技術にも驚いたんだけど、おれはなによりもバンビちゃんの楽屋に置かれていたのが叙々苑の弁当だったことに衝撃を受けていた。なにしろおれに支給されたのは小指の爪くらいの唐揚げがころころ入ってる中華の弁当だったから。全然お腹いっぱいになれてない。

とはいえ、おれにだって、「この芸人さんをもてなそう!」という意志を感じるいい弁当が出されてた時代もあった。七年前。でも今となっては、京極バンビと仁礼左馬では、タレントとしてのランクが違うということなのだ。分かってはいたけど、やっぱり悲しい。

だがおれの思考はつねにポジティブに流れるように重力を操作してあるので、思い至る。もしタレントとしての格ではなく、役割の違いで区別されていたとしたら? この番組では、明らかに人狼側の負担がでかい。人狼側がとんちんかんなムーブをすれば番組自体が成立しなくなる。そのプレッシャーは尋常じゃないはずだ。実際おれも七年前の全盛期にはスパイ系の番組とかドッキリの仕掛け人側を何度かやったことがあるが、その収録終わりは緊張と興奮が持続してまったく眠れなかった。

バンビちゃんは人狼だから、叙々苑弁当なのか?

そういえば、台本を写経してたって言ってたけど……それも、人狼だからか?

そんな風に、番組外のメタな部分にも思考を巡らせてしまうくらいには、おれは本気だった。本気だからこそ、手も震える。このチャンスを逃すわけにはいかないのだ。

「はい、それじゃあ次は仁礼さん、お願いしますね」

ディレクターにカメラを向けられ、反射的に笑顔を返す。

「はい、回った」

ディレクターの合図とともにカメラのランプが光ったのを見て、芸人のスイッチを入れる。声をしっかり張って、画面越しでも熱が伝わるくらいに大きく分かりやすい声とアクションで。

どんな質問でもばっちりちょうどいい答え返しますよ、という意気込みで身構えた。だが。

「今日は何年ぶりのゴールデンですか？」

いきなりの質問に面食らい、ちょっと間が空いてしまう。

「あー、五年ぶりくらいですかね」

しかもちょっとかっこつけて気持ち短めの数字を言ってしまう。まあ別に誰も気づかないでしょ、と自分の中で解決したものの、ディレクターはこちらの予想をさらりと超えてくる。

「実は、番組で調べたんですけど、実に七年ぶりとのことですよ」

「うわ、はっず。勘弁して下さいよ」

「この七年でいろいろ改築したりしてるんで、楽屋まで迷ったんじゃないですか？　ちゃんと時間通りに着きました？」

「いや、そこまでばかじゃないですって。ばっちりオンタイムで来てますよ」

「一発屋として、芸能界の上も下も経験された仁礼さんですが、今日の意気込みを一言！」

「いや誰がパンパ、パ、パ、パカパンマンだけの一発屋ですか！　二発目三発目ありますから！　たぶん！」

あまりに予兆のない失礼さを、おそらく自分より五歳近く年下のディレクターに向けられて驚きながらもなお、おれの反射神経はいつものリアクションを出力した。

パンパカパンマン——相方が開発したリズムネタ。上半身は裸の上に祭り法被（はっぴ）、下半身はふんどしで、底抜けに明るいお祝いキャラ〝パンパカパンマン〟に扮し、耳に残るメロディにのせてテンポ良く「めでたいこと」を言っていき、横で相方が餅つきで餅をひっくり返す人のようにタイミングよく合いの手やつっこみを入れていくというネタだ。ネタ番組のオーディションに初めて受からせてくれて、芸歴一年目という異様なほど早いタイミングでおれらを売れさせてくれたネタであり、おれらを世間に認知させてくれたネタであり、おれらの存在を食い尽くして世間を飽きさせたネタである。

ゴールデンのトーク番組やネタ番組、クイズ番組（これが一番楽しかった）、朝とお昼の帯の情報番組、ＢＳ、ローカル、インターネット番組、ドラマに本人役で出演したこともあった。ラジオも始まり、雑誌やらＷＥＢメディアやら地元紙やらのインタビューもたくさん来たし、営業の数も爆発的に増えたし、広告代理店のコピーライターが書いたネタでＣＭもやった。

スタンプラリーのようにあらゆる番組を一周するうちにネタをやりすぎておれも相方も飽きてしまい、少し違いを見せようと〝お祝いキャラ〟を〝呪い〟キャラに変えてやろうとしたら呼んでくれたプロデューサーに手で大きくばってんを作られ、怒られた。マネージャーにそのことを相談したらマネージャーにも怒られた。リズムネタで流行っているときは一周するまでネタを変えないのが鉄則、なぜなら制作サイドはあくまでそのネタをさせるためにおれたちを呼んでいるから。おれは芸人って面白いことさえすれば喜ばれるんだと思っていたが、面白いにも色々種類があって、どの種類の面白さを求められるかを見極める目が必要だと知った。なんだか狭っ苦しい話だなと思いながらも、乗っている波から飛び降りる勇気はなかった。

だが、飛び降りるまでもなく、波は勝手に崩れた。リズムネタは数を作れないので飽きられる。いや、飽きられる前に〝旬が過ぎた〟と見なされる。リズムネタの賞味期限はレバ刺しくらい足が早い。〝旬〟〝いま人気がある〟〝いま流行ってる〟という理由だけで舞い込んでいた仕事は、びっくりするほどぱたりと消えた。

それでもおれらは、ふつうのネタを真面目に磨いていけば、得た知名度を元手にまたTVに出れると思っていた。違った。リズムネタや特定のギャグで流行りきってしまうと、そういう芸人の枠に入れられる。世間からも、スタッフからも。あのリズムネタの人、あの一発屋の人、という認知が植え付けられると、露骨に舐められる。いくら他に面白い漫才やコントのネタがあっても、いくら大喜利が強くても、そんなところには目がいかない。もちろん、一発屋として消費されながらも食らいついて地位を確立している芸人はいくらでもいる。ただ、芸歴一年目で身の丈に合わない売れ方をしたおれたちには無理だった。

売れると同時に大阪から東京に出てきたものの、仕事は一年で半分になり、もう一年で営業以外の仕事はすべて消えた。東京の家賃が重くのしかかってきた。

夢が叶わないことよりも夢を叶えてから底に沈むことの方が恐ろしいなんて、芸人を始めた頃は夢にも思わなかった。

「お前ら、七年は沈むぜ。でも、七年経ったらまたサイクルが変わってチャンスがくる」

そう言ってくれた先輩がいた。だいたい世の中の流れが変わって、社会の記憶がリセットされるまでにそのくらいの年数がかかるのだというのがその人の持論だった。

偶然なのか、先輩の見事な推察が当たったのか、飽きられて七年後となる今、念願の全国ネットのゴールデンに出る機会を得られた。ここで〝昔リズムネタやってた印象しかないけど意外と実はふつうに力あったんだ芸人〟のポジションを摑む。あの時より小さくていい、とにかくもう一度、波を起こしたい。

「それじゃあ、今日のトーク、爆発期待してます」

「でっかいくす玉、割ってやりますよ！　ぱんぱかぱーん！」

言い終えたあとに数秒の無音。

「はい、ありがとうございますー」

おれのコメント撮りが終わり、ディレクターさんは次の出演者へとカメラを向ける。七年前はまだそこまで番組側がＳＮＳに力を入れていなかったので、予告動画なんて初めてだった。勝手が分からないし、手応えも判然としない。

おれは恥を忍んで、隣のバンビちゃんにひそひそ声で訊いた。

「おれのコメントさ、大丈夫だったかな」

バンビちゃんも小さな声で「問題ないっしょ」と返してくれた。

京極　バンビ

「おれのコメントさ、大丈夫だったかな」

「問題ないっしょ」

うるせえ話しかけんな、と思いながら、あたしは義務的にそう返した。幸い、他の出演者の事前告知Ｖの撮影中なので、それ以上会話を広げずにすむ。

集中したい。

人を殺すことをずっと考えてた。ぶっちゃけここ一ヶ月はほぼそれに使ったと思う。頭の中で何度もシミュレーションしたし、勇崎恭吾さんの顔を思い浮かべながら、その腹に包丁を突き立てるアクションの練習もした。例えば（したことないから雰囲気で言うけど）大学受験するなら何年も勉強してから本番に臨むわけじゃん？　なら人を殺すのにもほんとはそれくらい準備が必要だと思う。人殺す子の方が受験する子よりずっと少ないんだし。本当ならもっと入念に準備を重ねたかったけど、こういうのはタイミングとか縁が大事だから仕方ない。

あたしはこの殺人を成功させてみせる。本当だったらこんなの出れば出るだけ自分の賞味期限を早めるタイプの番組なんだし断った方がいいに決まってる。けど殺人の舞台としてなら話は別だ。これで面倒事は清算して、あたしの実力も見せつけて、次のフェーズにいく。一石二鳥だ。

透明ガラスで仕切られたこの前室から、勝負は始まっている。本番まではあと三十分弱くらい。あたしは心を落ち着けるために、いつものルーティン通りに、事前にＳＮＳや公式サイトで確認しておいた出演者の情報を脳内で再確認することにした。

いまインタビューを終えたのは仁礼左馬、あたしより七つ年上の三十三歳。ニックネームをつけるなら〝一発目が早すぎた一発屋〟。直近出演は特に見当たらず。劇場出番がときおりあるくらい。

若くして売れるとろくな事がない、というのはうちの社長の言だが、それは本当にその通りだと思う。実力がないのにキャッチーさだけで売れてしまった、ある意味哀れな芸人である。何も考えてなさそうな柔和な顔と、悩みとかないんだろうなって思わせる肌つやが印象的。

仁礼は自分のインタビューの出来を心配するように、他の出演者の撮影を見守っている。

「今日は何時入りですか？」

あたしや仁礼のときと同じ質問を投げるディレクター。インタビューに答えているのは、〝コンパ（笑）開きまくり芸人〟市原野球、四十一歳。直近出演はバラエティ多数。ぜんぶひな壇かロケＶＴＲでＭＣはなし。

「そら、指定された十八時に入りましたよ。プロデューサーから絶対に遅れないよう言われましたからね」

関西出身、芸歴十九年目のお笑い芸人で、数年前にコンビが解散して以降はお笑い芸人というよりタレント寄りの活動に軸足を置いているっぽい。その交友関係は芸人のみならずタレント・スタッフと幅広い。薄めの茶髪をソフトモヒカンに近しいツーブロックに刈り上げていて、四十を超えてもチャラさを脱臭できていないことの表明のよう。

「市原野球です、よろしく。バンビちゃん、もしよかったら今度飲もうや。将来ぜったいハネる俳優の卵とか放送作家連れて行くから」「はは、どうも」——楽屋挨拶に行った際、そんなやりとりを交わして閉口したのを覚えている。シンプルに、俳優の卵も作家も興味ない。

市原はカメラに向けてメイク室で起きたできごとを短くまとめて話し、軽くウケをとって締めていた。さすがの力量。

「次は村崎さんお願いします。今日はなんとレコーディング終わりらしいですね？」

「そうっすよ！　マジ、体力全部スタジオに置いてきて空っぽなんで、一人だけハンデありで闘うみたいな感じなんすけど」

カメラに向けて甘ったるい声で文句を言う、〝女優抱いてきた系バンドマン〟村崎要。二十一歳。直近出演は『Ｍステ』『ＣＤＴＶ』などの音楽番組のほか『ボクらの時代』など。

ロックバンド〈幾星霜の待ち人〉のギターボーカルで、TikTokきっかけで売れたタイプ。アイドルに提供した曲がヒットしたりもしてるので金はありそう。芸人の音ネタに協力したりもしていて、市原と同じく交友関係が幅広い。色白マッシュヘアーに線の細い体軀、サブカルチャーを背負う気概の見えるルックス。可愛い顔して、インスタライブとかツイキャスで配信してるときに、言っていいラインと駄目なラインを見誤ってときおり炎上してる。曲調も顔もバンド名のセンスも、全ての要素があたしの好みとは完全に合わないので逆に清々しいくらいだった。

『初めまして。今度かなかな（村崎くんのことです）と共演されると思いますが、放送中以外は彼に近づかないで下さい。あの子四、五歳年上の共演者がいるとすぐ子犬みたいについていっちゃう癖があるから、京極さんにも迷惑かけちゃうかも（汗の絵文字）』――この特番の出演情報がオープンになってから、そういう主旨のＤＭが数通届いた。母親目線の痛いファンを多数擁(よう)するモテバンドマンとして理解した。心配しなくても年下には興味ないよ。

　村崎は絶対観てねー、という捻りのないメッセージで締めて撮影終了。

　次のインタビュイーは〝平成の中女優〟清水可奈(しみずかな)。三十八歳。直近出演は連ドラ脇役多数、あとは公開を来週に控えた映画『恋の苑』。主人公の叔母役。

「清水さん、今日はけっこうメイクに時間かけられたらしいですね？」

「ゴールデン特番なんてほとんど初めてなので、ちょっとヘアセットに気合い入れたくて。皆さんより一時間早めに入らせてもらいました。ふふ」

　子役時代から数えて芸歴三十六年目の大先輩だが主演は十年前のよくわからんＶシネのみで、基本は脇を固めるポジション。あたしもけっこう映画とかドラマを観てる方だし彼女が出てる作品もそこそこ観たことがあったが、見終わったあとにまったく印象に残らないタイプのバイプレーヤーだという結論。ただ有名どころの役者と共演しまくってるので交友関係は広そう。

いくつか質問を受けて、当たり障りのないコメントで終了。まあ、この人には集客力、特にSNSでのパワーはほとんどないだろうから番組側も期待してないだろう。

「それじゃあ最後、もち子ちゃん。どうですか、今日はなんとフェス終わりに来てもらってるみたいですが」

「村崎さんが体力空っぽって言ってましたけどぉ、わたしもマジで声出ないかも」

最後は〝大喜利ができる（という触れ込みの）アイドル〟町田もち子。二十四歳。直近出演は『Mステ』『バズリズム』や『ゴッドタン』。

喋ったことはないものの、この子はよくTVで観たことがあったし印象もあった。名前だけは聞いたことあるな、くらいの位置のアイドルグループでお笑い担当、というポジらしい。グループより個人が売れてるパターンだ。

印象に残っていた理由は簡単で、大喜利ができるアイドル、という売り文句が海藤ひるねのことを想起させたからだ。ひるねのことは今でもたまに思い出す。同じ事務所の戦友。よくバラエティのひな壇で共演したし、あるいはスケジュールを仮押さえされて、結局バラしになったような仕事にひるねがキャスティングされていた、ということもよくあった。喋れる若い女の子、というポジションが同じだったのだ、当時は。

ひるねを側で見ていたから分かる。町田もち子の実力はひるねに遠く及ばない。大喜利が強いといってもたまに天然系の回答ではねるだけで打率は低いし、レスポンスも早い方ではない。だからこそ、ひるねが手を出していなかった下ネタや悪口系のコメントでフックを作っているが正言ってなんぼ、上っ面だけを粗く叩くだけの悪口をいくつか直見てられない。今日も大して芯をとらえてない、上っ面だけを粗く叩くだけの悪口をいくつか言って帰るのだろう。そもそも、アイドルとしての華も、ひるねとは比べものにならない。

もち子はウィスパーボイスで「爆弾発言しちゃうかもぉ」と煽って締めた。

「皆さん、ご協力ありがとうございました！　告知ＶＴＲはすぐに番組公式の各種ＳＮＳで投稿させていただきます」そう言ってディレクターは足早に前室を出ていった。これから動画をチェックして軽く編集して投稿するのだろう。もう本番まで時間はそんなにない。忙しいことだ。

出演者を見回してみて、改めてこの中に入ってトークとだまし合いの勝負をすると思うと、気が重かった。エゴサをしてると、出演前から「え、バンビちゃんと勇崎恭吾出るの。神回じゃん」「バンビちゃん出すとかキャスティングやばすぎ」「バンビちゃん仕事選んで」みたいな投稿がいくつも引っかかった。

仕事は選んでるよ。厳選に厳選を重ねてるよ。

撮影が終わって他の出演者たちが会話を始めたので、かったるくなる。トイレに行くといって前室を抜け出した。

「おお、バンビ久しぶり。元気してるかぁ？」

振り向くと、編成局長の山田がばっちりホワイトニングされた歯を見せながら近づいてきた。この局でどの時間に何の番組が流れるか、というＴＶ局の根幹部分の決定権を持つ人間である。めちゃくちゃ偉い人なので気をつかう。山田に対してというより、山田と話している様を他のタレントや局員に見られることに。変な誤解を生むのは避けたい。

幸い、トイレ前に人気はなかった。

「お久しぶりです、山田さん。いつもありがとうございます」

深い挨拶はせずに定型として自然な程度に留める。山田もそこは分かっているようで、微笑みながら頷いたのみだった。

「さっきのスタジオの騒ぎ、聞こえた？　うちのコーラちゃんがド派手に転んで、まさかのビリビリ椅子に手ぇついちゃって。スタッフも笑いこらえんのに必死よ。その後も騒ぎながらどっかに消えちゃうし。昔っから、お騒がせ制作女子なんだよねぇ」

なにやらそれっぽい騒ぎの音は聞こえていたが、あまり気にしていなかった。身の丈に合わないゴールデン特番の統括プロデューサーの現場を前にしてテンパってたんだと思う。幸良さんはあたしがテレビに出始めたころに深夜の番組で何度か仕事したことがある。いい人・トラブル体質・この業界に十年以上いるとは思えない田舎っぽさ、という三要素しか記憶にない。またトラブルに見舞われてるのだろうが、この放送はきっちりやってもらわないと困る。

そんなあたしの心境を察してか、「大丈夫、ちゃんとやるように俺からも言っといたから」とだけ言い残して山田は去って行った。編成局長から〝ちゃんとやるように〟と言われるプレッシャーはサラリーマンをやったことのないあたしにも想像できて背筋が冷えたが、所詮は他人事なのですぐに背筋はぬくもりを取り戻す。短いやり取りで山田が立ち去ってくれたことへの安堵の方が強かった。

トイレから戻ると、出演者たちとディレクター数名が談笑していた。面倒くさいなと思いつつも、ここはちゃんと参加して空気を作っておいた方がいいな、と思い気合いを入れるが、あたしが入室した直後に、プロデューサーの幸良が現れた。ユニクロで売ってそうな無地のパーカーとニューバランスのスニーカーという、動きやすそうな服装をしてる。三年目のADと言われても特に疑いを持たないくらいには垢抜けていない。

「皆さん、本日はよろしくお願いします」

統括プロデューサーがわざわざ前室に来るのは、番組にもよるがわりかし珍しい。とはいえ、あたしは幸良の口から発される言葉の予想はついている。

「皆さんにお伝えしないといけないことがあります」

「何ですか、かしこまって」村崎が茶化すように肩をすくめる。

幸良は雰囲気を壊さないよう曖昧に微笑みつつとはいえ不真面目に見えない程度に真剣な目を保ちつつ、みたいなこと考えてんだろうなーって表情で、

「本日の〈語り手〉の一人である勇崎恭吾さんが、遅刻されています。到着時刻は、現時点で分かっていません」

幸良からの宣告により、場はあからさまに騒然となった。

「うっそ、冗談でしょ?」「ドッキリとかじゃなくて?」「やばいでしょ、もう本番始まるって」うるさいな、と思いつつ、あたしもしっかりと演技して驚きを表現する。「え、社長遅刻？マジぃ?」

幸良は本当です、と短く言った。

「本番は、勇崎さんなしでスタートします。間に合い次第合流ということで、皆さんには臨機応変な対応をお願いすることもあるかと思いますが、よろしくお願いします」

遅刻じゃなくて、欠席なんだけどね——なんせ死んでるから。

あたしは脳内で笑いながらも、表情に出ないように気を張る。他の出演者たちと同じように、当惑とほんのちょっとのわくわく感――こういう自分起因じゃないトラブルには高揚してしまうのがタレントの性だ――を織り交ぜた顔で、幸良の言葉に耳をかたむける。

「ごめんなさい、時間がありません。とにかく、皆さんは元々の進行通りにやっていただいて大丈夫です。MCの滝島さんとは先程話を詰めていますので、勇崎さんまわりは彼が何とかしてくれます。スタンバイお願いします」

自信なさげながら有無を言わせない、というなかなか難度の高そうな口調で、幸良はスタジオの方を手で示した。ここでうだうだ言ってても時計を止められるわけじゃないことくらい、全員分かってる。出演者たちは素直に従ってスタジオ入りした。演者さん入られます！　というADの威勢のいい声がスタジオに響く。

セットの裏に回り込む形で、待機場所まで先導される。よほど遅刻の件でぴりぴりしてるのか、幸良の表情には笑みが一切なかった。

「それでは――よろしくお願いします」

本番五分前ー、というよく通るタイムキーパーの声がスタジオに響いた。

独特の緊張感が、セット裏に漂う。

「生放送って、こんなギリギリに入るもんでしたっけ」

仁礼が市原に小声で尋ねている。市原より先にバンドマンの村崎が口を開く。

「演者を待たせないように配慮してくれてるんすよ。歌番組とかだと、ギリギリまで楽屋で声出ししてる人もいるし」

「おれはもうちょい余裕持ってスタンバイさせてくれた方が安心するんだけどなぁ」と仁礼。

「まあ、今回はさすがに緊張しますよね。歌番組の生放送はせいぜい歌詞飛ばすとかそのくらいの失敗しかないけど、この番組はマジで一歩間違えたら大炎上しちゃいますもん」

「てか、勇崎さんの遅刻もかなり話題になりそう」仁礼が勇崎さんの件に触れる。「生放送で遅刻って、なかなかえぐいよね」

「勇崎さんって時間に厳しい方ですよねぇ。前に『情熱大陸』の密着で観ましたよ、〝俺は売れてからも仕事で人を待たせたことはない〟って」もち子が参加してくる。「全国に遅刻がバレるの、めっちゃ恥ずかしそう。所属タレントとしてはどうなんですか、バンビさん」

煽り気味に話を振られて苛つくが、この程度のことで感情を波立たせてたら今日の生放送なんてやっていけない。あたしはしれっと、「まあ、忙しい人なんで」と内容のないコメントをした。そこでふんわりパーマのADの男子があたしのマイクを直しに入ってきたので、それ以上会話せずにすんだ。

「尺とかどうするんだろ、勇崎さんもトークする前提で二時間組んであるんだと思うけど」と清水。舞台もやってるからか、尺への意識があるらしい。

「長めにトークした方がいいんですかね。幸良さんから何の指示もなかったけど」と仁礼。お前にそんな調整するスキルないだろ、と言いそうになるのをこらえる。

「まあ、何かあったらカンペ出るやろ。こういうトラブルのときは他の演者が落ち着きつつ臨機応変にやればええねん」

市原がベテランらしくまとめたところで、「本番十秒前(とお)!」というADの声が聞こえる。

「五、四、三――」カウントは三まで。きっかり二秒後、音楽が流れ出したかと思うと、MCの滝島がタイトルコールを高らかに宣言する。

《ゴシップ人狼、２０２４秋ぃー！》

甲斐 朝奈

《ゴシップ人狼、２０２４秋ぃー！》

MCのタイトルコールで番組が始まる。テレビを見るのなんて、いつぶりだろう。なんとなく受け取る情報量を減らしたくなって、テレビの持ち主である小羽石（おばいし）さんに「音量下げられますか」と尋ねた。

「うるさかった、かな？」

気まずそうな小羽石さんに、首を振る。

「いえ、ただちょっと、大音量で受け止めるにはまだ心の準備が出来てないというか……これから、出演者の人が、いろんなゴシップの話をするんですよね？」

「まあ、そういう番組だから」

「すごい番組ですよね」

「そうだね。だいぶ攻めてるよ。イニシャルトークになることもあるけど、実名出すときもある。事前の許可取りもほぼしてないし。文春みたいな週刊誌ですらちゃんと事前に通達するのにね」

画面にはMCだけが映っており、番組が第八回、四周年を迎えたことへの感慨や、この番組がいかに尖ったものであるか、八回も続いていることが奇跡であるというようなことを述べていた。

「本当に、観る？　消してもいいけど」

手元の機器で音量を下げながら、小羽石さんが不安げな顔をした。

「いえ、見ますよ」

《この芸能界という村で生きる七人の〈語り手〉たちに、ルーレットで指名された順にゴシップエピソードを話していただきます。ゴシップは誰に関するものでもアリ》そこでMCはただし、と間を置いた。《この村にはわるーい嘘つきの人狼がいるのです。人狼は嘘のゴシップエピソードしか語りません。ですから、ここで語られたエピソードが本当なのか嘘なのかは最後まで分かりませんのでご注意ください》

「ああ、最後まで視聴率を維持する狙いってことですよね」

「そうだね。番組中にネットニュースにされるのとかを防ぐのもあるかも」

《〝語り手〟たちは互いのエピソードを聞いて裏切り者を見つけ出し、追放することを目指します。勝利した〝語り手〟には賞金二百五十万円！》

賞金二百五十万。〝公開の場でゴシップを話す奴〟と見なされるリスクと釣り合う金額なのか、わたしにはよく分からない。単純な確率にすれば賞金を手にできるのは七分の一なので、期待値としては四十万円にも届かないと考えると、さすがに釣り合わない気がしてきた。

《そしてこの『ゴシップ人狼』、今回は四周年記念ということでまさかの暴挙に出ました――なんと、二時間まるごと生放送でお届けいたします》

生放送、に力強くアクセントを置いた言い方。

《トーク中心のゲームをやる番組としては異例、しかもゴシップを語るわけですからね。炎上を恐れない、屈強な精神を持った者しか参加できないと言えるでしょう》

「こういう、公式側が〝前代未聞〟とか〝いかれてる〟みたいなスタンスで煽ってくる感じってちょっと冷めますよね」

わたしの言葉に、小羽石さんは苦笑しながら、

「いや、まあそれは分かるよ。やたら公式側のテンションが高かったり自虐したりするのって萎えるよね。ただ、この番組は実際本当にイカれてると思うよ。最初生放送でやるって知ったとき、よく企画通ったなって思ったもん」

《さあ！》

MCが視聴者の注意を引くための間投詞を言い放ち、カメラが切り替わる。セット内に組まれた入場ゲートが映される。

《それでは、こんなクレイジーな番組のオファーを受けてくれた、クレイジーな〝語り手〟たちをお迎えしていきましょう。まずは一人目——》

2章　内容を一部変更してお送りします。

幸良　涙花

「それでは、こんなクレイジーな番組のオファーを受けてくれた、クレイジーな〈語り手〉たちをお迎えしていきましょう。まずは一人目——芸歴十九年、芸能界のあらゆる会食・会合はこの人がセッティングしてるのではないか？　と噂されるほどの飲み好き芸人。夜の六本木を遊び尽くす男、市原野球！」

「始まっちゃった……」

心臓が内側から胸筋を殴りつけてくるような強さで拍動(はくどう)している。私はMCの滝島さんの呼び込みと、中央の巨大モニターにでかでかと映し出される紹介VTR、その下の入場口からスモークを浴びながら登場した市原さんを眺めていた。紹介VTRの後には、さっき前室で撮ったばかりの告知動画も音声つきで流される。登場にたっぷり尺を割(さ)く構成。

初めてこの業界に入ってスタジオ収録に立ち会ったとき、いつも見ていたテレビのセットがこんな風に張りぼてで作られているということに衝撃を受けたのを思い出した。テレビで見ている限り、基本的にカメラはセットの中しか映さない。だから、たとえば『徹子の部屋』も『さんま御殿』も『ダウンタウンＤＸ』も、家のテレビで観てるときはあの部屋がこの世に本当に空間として存在しているんだろうと無意識に頭の中でイメージしてしまっていた。実際は百八十度、カメラに映る範囲でしか構築されていない。ＡＤ時代、初めてセットの境界線をまたいだとき、これが張りぼてでかりそめの空間なのだということを意識させられ、裏方サイドと演者サイドを明確に分断する透明な壁で隔てられているような気持ちになった。いまだに、本番前にセットの中に足を踏み入れる時はちょっと緊張する。視聴者とカメラを通じてつながっている空間。

そう、カメラはこのセットの中だけを映す。視聴者はこのセットの中だけの映像を見て、楽しんだり感動したり文句を言ったりする。

スタジオの端っこに死体が転がっていることなんて、知りようがない。

「もう後には引けないですよ」

次郎丸くんが、共犯ですよと確認するかのようにそう言った。私は無言で頷いた。

私たちが覚悟を決めたのは、本番開始の十五分前——

＊

「ちょっともう、何してるんですか幸良さん！」

転倒からの電流からの段ボール倒しからの死体登場でさすがに悲鳴をあげてしまった私に対し

て、次郎丸くんはぱんぱん、と背中を叩きながら大声でそう言った。次郎丸くん以外のスタッフはもう私のドジに構っている暇はないというように各々の作業にかかっていて、こちらを気にするような気配はなかった。

スタジオの端っこに転がっている遺体に、気づいた者はいない。

勇崎さんの遺体は目を閉じていて、どこか穏やかな顔にも見えた。私は反射的に合掌しながら、

「マジでこれ、勇崎さんだよね？　めっちゃ精巧なダッチワイフとかじゃなくて」

「勇崎さんそっくりに似せた人形があったとしてそれをダッチワイフと呼ぶのかは疑問ですが、とりあえず人形とかじゃないと思います」

確かに、人形というにはあまりにも、死の気配を生々しく発散しすぎていた。

「それより、幸良さん。これ……」

次郎丸くんが指さしたものには、私も気づいていた。気づくようにそこに置かれていた。

勇崎さんの胸の上――それは、『ゴシップ人狼２０２４秋』の台本だった。表紙に番組名と出演者と放送時間と【制作用】という文字が書かれているところまでは同じだったが、その下に〝新台本〟というスタンプが押され、びっくりするほどでかくて太いフォントで、一文が追加されている。

〝放送を止めないこと！〟

パニック状態になっていた思考が少しずつクリアになっていき、次郎丸くんの意図を理解する。

「次郎丸くんこれ、もしかして――報告しない方がいいやつ、ってこと？」

本来ならこんなの今すぐ偉い人に報連相して放送を予定通り行うのか中止するのか判断を仰がないといけない。だけど――〝放送を止めないこと〟って。

「そこは幸良さんの判断に任せます。制作会社のチーフＡＤが判断できることじゃないんで」

「お飾り統括プロデューサーにも判断できないよこんなの。え、なにこれ」

「そうでしょうけど、僕より幸良さんの方が偉いんで。局員だし。ただ、この台本、明らかに僕らが持ってる台本と同じフォーマットですよね？」

確かに、次郎丸くんの言うとおり、いま私が手に持っている台本と体裁もフォントもおんなじである。

「ここから言えることは二つあって、一つはこの表紙にこんだけでかでかと〝放送を止めないこと〟って追加してあるってことは、何としてでもこのメッセージをまず第一に見せておきたいと考えたってこと」

「それはその……犯人、がってことだよね」

「そうです。勇崎さんを殺した人物は、絶対に放送を中止させたくないと思ってる。実際のところ、今この状況で上に報告したら間違いなく放送は中止でしょう」

「もう一つの〝言えること〟って？」

「犯人は、この『ゴシップ人狼２０２４秋』の台本データを手に入れられる人間だということ」

それはその通りだ。なにしろ台本のフォーマットが全く同じなのだから。だが。

「それって――スタッフの中に犯人がいるかもってこと？」

「番組スタッフほぼ全員、出演者とそのマネージャー、あるいは出演者の家族。いくらでも可能性は広げられますけど、いまこのスタジオ内にいる可能性も十分にある」

「それって」私は率直に言った。「私と次郎丸くんも含め、ってことだよね」

「そうですね」次郎丸くんはあっさりと頷いた。「だからとにかく、犯人が〝放送を止めないこと〟を要求してきていて、いまこのスタジオの中に犯人がいる可能性がある以上、報告するにしても慎重を期した方がいいです」

「よくこんな死体の前で早口でロジカルに喋れるねぇ」

「のんびりしてる暇はないですよ」次郎丸くんは真剣な顔で、「決めて下さい。報告するか、しないか。幸良さんの指示に従います」

「そんなこと言われても無理だよ責任重大すぎるって。これはさすがにトラブルの範囲超えてる、大事件だよ。その対処を選べってもうそれしたハラだよ」

「何ですかしたハラって」

「死体ハラスメント」

「なら文句は死体に言って下さいよ」

私はため息をつきながら、折衷案を出した。常に利害関係がぶつかり合い続けるテレビ制作の現場において、プロデューサーの仕事とは折衷案を提案し続けることを指すのだ。

「いったん、死体を人目につかないところに移してこの台本を読む。話はそれからにしよう」

私と次郎丸くんは素早く段ボールをたたみ、すぐ側に設置してあった簡易楽屋へと死体を移した。パーテーションで囲われただけの簡単な着替え用スペースだったが、とりあえずの作戦会議をする上では問題ない。これって死体遺棄とかそういう系の罪に問われないのかな、もし問われたら会社に責任負ってもらわないと無理、と思いながら、私は次郎丸くんに軍手を借りて、死体の胸元の台本を開いた。

冒頭の見開きには、無機質なゴシック体のフォントでメッセージが書かれていた。


この台本を手にしたものは、速やかに次の行動を取ること

①『ゴシップ人狼2024秋』の放映を止めないこと。
②所定のタイミングまで、勇崎恭吾氏の死体を隠し通すこと。
③ルーレットの結果、サブ出しVTR等も含め、「新台本」通りに番組を進行すること。

なお、出演者用の「新台本」はすでに各出演者に配布されている。


前述の指示の履行に失敗した場合は、罰ゲームが実行される。

罰ゲームの内容は次ページの通り。


でかでかと書かれた三箇条に、私の鼓動は加速した。

「早く次のページを」

「分かってるって」

ページをめくると、そこにはシンプルに一文だけ、〝罰ゲーム〟の内容が記されていた。

【罰ゲーム】
このスタジオの天井部分の照明全てに設置された爆弾が起爆する。

最後の一文を読み終え、私は息を飲んだ。思わず天井を見上げる。私の頭部の三倍くらいはありそうなでかいライトがセットの頭上にもスタッフ側の頭上にも、バトンと呼ばれる棒にたくさんつり下げられている。セットを、そしてそこに立つ演者たちをムラなく均一に照らすための照明。もしこれが落下してきたら、運悪く真下にいた人間は間違いなく死ぬし、近くにいただけでも大けがを負うのは必至だった。そしてその様子が全国ネットで放送されたりしたら——放送事故の四文字では片付かない惨事になるのは間違いない。そもそも、爆弾の威力次第では爆発に巻き込まれてしまう可能性だってある。

このスタジオにいる十数名を、人質に取られている。

「これ、ヤバくない？」

「……この文面を読んでそんな軽い言葉を口にできるところが、ある意味幸良さんの尊敬できる点です」

私はすでに、次郎丸くんの皮肉を聞き流しながら、猛スピードで新台本に目を通していった。冒頭の三箇条以降は普通に台本の体裁で、進行内容が記載されている。

「さすがに演者とスタッフの命まで僕らには背負いきれません。少なくとも局長以上、制作局長と編成局長に報告をしないと」

「そうだよね。報告しないと」私は台本をめくる手を止めない。

「この特番、けっこう色んなスポンサー引っ張ってきてるから、営業との調整も発生するかもしれないし、その辺の協議がゴタつく可能性もある。時間は一秒でも多く上に与えてあげた方がいいです」

「そうだよね。与えてあげないと」

「てか、この場に殺人犯がいるかもしれないんですよね。すぐに警察に来てもらって犯人突き止めてもらわないと。危険ですよ」

「そうだよね。危険だよね」

「さっきからそうだよねしか言ってないですけど。脊髄（せきずい）で返事してません？」

「次郎丸くん。宣言しとくね」

　私は新台本に目を通し終え、死体と一緒に入っていた他の物品を検（あらた）めた。スタッフ配布用の台本三十部（製本済み）、XDCAM四本（二種×二本、予備分含めてということだろう）、【秘】と印を押された、〈語り手〉たちが話す予定のゴシップエピソード一覧のペライチ。新台本の内容と対応している。

　覚悟を決めた。

「誰が殺したのかは、OA終わるまでは、ほっとく」

「は？」

「私はいま、犯人が誰かみたいな話は深追いしない。それは私の仕事じゃないし」

「……」

「この新台本通りの放送を実現するために動く」

「何を言って」

「この新台本通りにやれたら、おもしろいと思う」

私は段ボール上の勇崎さんの前で正座した。「何して——」次郎丸くんの慌てた声も無視して、勇崎さんよりも段ボール一枚分だけ低い位置で頭を床にこすりつける。ザ・土下座。

「勇崎さんすみません、私小学生のときからバカなんです。テレビバカ。テレビバカはどうしても、おもしろいに吸い寄せられちゃうんです。犯人は、放送終わってから警察の人が見つけてくれると思うんで、それまでちょっとそこで待ってて下さい」

＊

MCの滝島さんに呼び込まれ、紹介VTRをバックに次々と出演者が入っていく。芸人の市原さん、バンドマンの村崎くん、女優の清水さん、アイドルのもち子ちゃん、モデルでバラドルのバンビちゃん、芸人の仁礼さん。

六人が登場し、入場ゲート横に整列していく。MCの滝島さんは仁礼さんが登場した流れそのままに、七人目を呼び込んだ。

「最後の〈語り手〉です。バラエティでこの人を見れるのはこの番組だけ！　四十五歳までは無名無冠、四十六歳からの五年間で朝ドラと大河のメインキャストにまで登り詰め、あらゆる賞をかっさらっていった遅咲きの名俳優がまさかの参戦！　事務所社長の顔もあるので、情報の幅は広そう。この人が人狼だったら怖すぎる、その演技を見破れるか？　ライツ・カメラ・アクションの掛け声とともに登場してもらいましょう……勇崎恭吾！」

　スモークが入場口に噴き出す。だが、そこには誰もいない。他の六人の〈語り手〉たちの訝(いぶか)しげな表情がカメラで抜かれ、特に芸人の二人が「どういうこと？」と大げさにリアクションする姿も映されたのち、滝島さんへと映像が戻る。

「……はい、というわけでここまで手元台本(テカンペ)をそのまま読んでみたんですが、なんと勇崎さんがまだスタジオに到着していない、という非常事態になってしまいました」

　出演者たちが苦笑まじりに野次を飛ばす。「マジかよ」「勇崎さーん」

「そういうわけで、ゴシップエピソード人狼初の生放送、いきなりイレギュラーすぎる開幕になりましたが、ひとまずこちらの六人でゲームを始めたいと思います。勇崎さんが一刻も早く到着することをＭＣとしても祈っております。それでは皆さん、〈人狼村〉の円卓にお掛け下さい」

　滝島さんのコメントきっかけで、いかにもホラーチックなＢＧＭが流れ始める。照明も青を中心としたおどろおどろしい光に変わる。

　六人の出演者たちはざわざわとしながら、セット中央の円卓へと歩み寄り、自分のネームプレートが立てられている席に腰かけた。

　滝島さんも移動して円卓の一番奥、セット中央の椅子に腰かけた。向かって右側(上手)は、滝島さんから時計回りに清水さん、仁礼さん、村崎さん。向かって左側(下手)は滝島さんから反時計回りにバンビちゃん、市原さん、もち子ちゃん。

「なんか、勇崎さんなしでぴったり座れてる感じですね」

バンドマンの村崎くんがそう言うと、仁礼さんが食い気味に「それおれも思ってましたけど言ったら駄目でしょ！」とつっこみっぽくかぶせた。ちょっとかかり気味な感じだ。この特番で再ブレイクを狙っている気概が伝わってきて胸がきゅっとなった。いまこのスタジオに死体があることも知らずに、ただただ売れようと頑張る芸人さんの姿。

村崎くんの言うとおり、MCの滝島さんを中心に、右に三名と左に三名で、きれいに配置されている。ここにもう一人入るとなるとどちらかが奇数になりバランスが悪い。

理由は簡単——勇崎さんはそもそも、トークには参加しない予定だったから。

勇崎さんの出番はまだ先。ここまでは元々の台本通りである。

「さあ、皆さま〝人狼村〟へようこそ。それではルールを説明してまいりましょう」

滝島さんのなめらかなコメントで、ルール説明が始まる。私は深く息を吸い込んだ。

犯人の書いた〝新台本〟を、この演者とスタッフできっちりやり切れるのか。天井をちらりと見ながら、震える手で台本の冊子を握り締める。

仁礼 左馬

「さあ、皆さま〝人狼村〟へようこそ。それではルールを説明してまいりましょう」

おれは滝島さんの説明を聞きながら、ああいま同じ番組に出れてるんだなってちょっと泣きそうになった。流石(さすが)にここで泣いたら進行の邪魔でしかないのでぐっとこらえつつ、ルール説明に耳を傾ける。絶対に勝つ。もしくはめちゃくちゃ爆発的なウケを取る。

「ここはとある国にある小さな村です。その名も〈人狼村〉。村の中には正直で優しい〈村人〉もいれば、嘘つきで狡猾な〈人狼〉もいるのです。油断してると、嘘つきな人狼に騙されて食べられてしまいます」

「なんか、芸能界みたいですね」

滝島さんが一拍間を置いた瞬間、バンビちゃんが差し込んだ。ぷふ、という笑いが他の出演者から起きる。

「あくまで〈人狼村〉の話ですよ。他意はないです。芸能界は夢と希望に溢れた世界ですよ」

滝島さんがわざとらしい早口でそう返すと、笑いが増幅された。一瞬のラリー。

——すごいな、バンビちゃん。こんな事務的な説明パートでも、自分のワードを放り込んでいけるんだ。

おれは素直に舌を巻いた。MCが進行している間隙を狙って発言して、ちゃんとウケをとる。おれにはないその技術を開始早々見せつけるバンビちゃんに、才能という二文字を感じずにはいられなかった。

滝島さんはにやりと笑ったのち、そのまま説明に戻った。

「そんな〈人狼村〉に住まう皆さんは、大のゴシップ好き。これから皆さんにはゴシップエピソードを語っていただきます。語っていただく順番はこちらのモニターに表示されるルーレットで決まります」

中央の巨大モニターに、出演者六人の名前が記されたルーレットが表示される。勇崎さんの名前はない。スタッフさんが急いで作り直したんだろう。

「ルーレットで指名された方は、どんな内容でも構いません。この場にいる人でもいない人でも、芸能人のエピソードであればどなたの話でも構いません。語っていただきます。ただし、そのゴシップがしょうもない内容だと興ざめですよね。ですからこちらで、ゴシップのランクだけは指定させていただきます」

　モニターに金色でA、銀色でB、銅色でCという文字が現れたかと思うと左端まで動いて縦一列に整列し、その横に説明文が出てきた。

A級ゴシップ：週刊誌でトップ記事になるレベル
B級ゴシップ：ネットニュース記事が三社以上から出るレベル
C級ゴシップ：楽屋で聞いたらちょっと笑うかテンションが上がるレベル

「いや、毎回思うけど、やっぱりこの番組ヤバいって。ネジ飛んでる」

　市原さんのガヤに、他の出演者たちも同意の声を上げる。「細かいって」「ネットニュースが出ることを前提にするな」「改めて見るとハードルやばくないですか」

「はい、落ち着いてください。過去のOAを見ている方は分かると思いますけど、A級なんてめったに出ませんから。とはいえ当たった方は覚悟を決めて語って下さいね」

「文春とかに売り込んだ方がギャラいいんじゃないですかぁ？」もち子ちゃんが悪戯っぽく言う。

　滝島さんは頷いて、

「もちろん、この番組に出ていただくリスクは承知しています。その分しっかりと見返りを用意してますよ。こちらご覧下さい。このゴシップ人狼、優勝者には――」

画面が切り替わり、よく賞レースなどで見かける賞金パネルのデザインを模した画面が現れる。

「賞金二百五十万円が贈られます！」

画面がさらに切り替わり、パネルの絵柄の上に￥2,500,000という数字が重ねられた。賞金の額は台本にも書いてあったが、全員がきっちり驚愕のリアクションを取っていた。

二百五十万円というと一瞬高額に見えるが、実際のところこれまでの回はだいたい三百万とかだったので減っている。中途半端に五十万削られていることに違和感を覚えたが、そこは大人の事情というやつだろう、さすがに指摘はできない。

「だまし合いのゴシップエピソードトーク合戦を制したものだけが、この大金を手にすることができるということになります。

これから皆さんにはルーレットの順でゴシップエピソードを語ってもらいますが、ここは〈人狼村〉。この六人の中には嘘のエピソードしか話さない、嘘つきの〈人狼〉がいます。ネットニュース記者の皆さま、トークだけを聞いてすぐに記事をアップロードしてはいけません。悪い狼の嘘かもしれませんからね」

そこはこのゲームの上手いところだよな、と思っていた。最後まで見ないと嘘か本当か確定しないので、視聴を維持しやすい。画面には「ネットニュースにするならせめて番組終了後」という文字が脅迫的なほどにでっかく現れ、出演者たちの笑いを誘った。テレビ番組でタレントが喋った内容をつまんで載せただけのコタツ記事には、みんな閉口しているのだ。

「なお、人狼の方に喋っていただく嘘ゴシップについてはスタッフ側で作成しておりますので、人狼の方はいかにもっともらしくそのエピソードを語れるか、が重要になってきます」

人狼の嘘ゴシップが制作サイドから指定されるのは、勝手に嘘エピソードを喋らせるとあまりにも自由になりすぎるという判断だろう。

「村人の方は、当然嘘は禁止。正真正銘、本物のゴシップを語ってもらいます。自分のエピソードだけじゃなくて、この放送中は一切嘘をつくことを禁止とさせていただきます。もし年齢サバ読んでる方がいらっしゃったら今のうちに申告してくださいね、ゲーム始まったら本当の年齢を言わないといけなくなりますので」

軽いジョークを挟む滝島さん。ややうけだった。

ちなみにおれは村人側だが、今日話す予定のエピソードは、A級からC級までそれぞれ三つずつを事前アンケートで提出して、内容が問題ないことを番組側に確認してもらっている。ルーレット次第では話さずじまいになるトークも多いだろうが、それでもおれは九つのトークをすべて徹底的に練習してきた。

「皆さんのトークが一巡するごとに〈議論タイム〉となります。文字通り皆さんで誰が嘘のトークをしているのかを議論してもらい、時間になったら、お手元のボタンで投票してもらいます。票数が最も多かった方は村から追放され、ゲームから脱落してしまいます。たった一人、この村に紛れ込んでいる裏切り者を暴(あば)いて追放することができればゲームクリア」

この部分は事前に特に気合いを入れて読み込んでおいたのでよく理解している。とにかく追放されたらその時点で退場。その後はまったく出演できないというかなりシビアなルールである。よくある人狼系のスタイルと異なり、別室からコメントしたりエンディングに出てくる、ということすらない。この番組で爪痕を残すためには、絶対に序盤に追放されてはいけないのだ。

「通常、一ターン目と二ターン目は二人、最終ターンには一人を追放するのが毎回の流れですが、今回は勇崎さんの枠がありますのでひとまず一ターン目に二人、二ターン目と三ターン目は一人を追放とします」

この部分は急遽変更になったからか、画面にはとくに何の説明も出なかった。勇崎さんが不在で、六人によるゲームとして始まったということは、一ターン目で追放される確率は単純に計算すれば三分の一。油断できない数字だ。

「いかに他のメンバーを騙せるかという演技力、あるいは誰が嘘のエピソードを語っているのかを見抜く観察力と推理力、そして芸能界のゴシップをどれだけ持っているかという情報力が試されます。皆さん、頑張って生き残ってください。

なお、もしも一ターン目もしくは二ターン目に決着した場合は、その時点でまたアナウンスいたします。今回は生放送ですので、臨機応変な進め方になっていきますが……番組終了時点で複数人が生存していた場合は、賞金は山分けとなります」

「これ、勇崎さんが途中で到着した場合はどうするんですか?」

思わずおれは聞いてしまった。当然ながら、台本にはない質問だが、さすがに気になったし視聴者だって疑問に思うはずだ。出演者たちが「うわそれ訊くんだ」的な目線を向けてくる。

「その場合は、そのタイミングに応じてプロデューサーが判断してくれるでしょう。幸良P、ファイトです」

突然プロデューサーの名前が出たことで、出演者たちに軽い笑いが起こった。緊急事態で胃を痛めているであろう幸良Pへの同情も含まれた笑い。

おれは一つ気になったことがあって、質問をしようと手を挙げかけたがそこで滝島さんはきっぱりと、

「では、ルール説明は以上です。これ以上のルールへの質問はなしでお願いします」

そう言うと、改めて全員を見回した。

「それではみなさん。心の準備はいいですか？　もう始めちゃいますよ？」

滝島さんが出演者たちを見回す。出演者たちが息を呑む。

「それでは、ゴシップエピソード人狼、スタート——するのは、CMのあとです！」

気勢を感じる力強い声でCMに入ることを宣言され、市原さんを筆頭に全員が「ええーっ」とブーイングする。台本通り。全員芸人の番組とかだったらここで椅子から転げ落ちるくらいやりそうなものだが、今日は出演者の顔ぶれ的にそこまでのリアクションは必要ない。

「CM尺百二十秒です！」

ADかタイムキーパーかのアナウンス。おれは正面のカメラのタリーランプが消えているのを一応確認してから、水を飲んだ。大して喋ってもないのに口がからからに渇いていた。

CM中に会話があるかどうかはタレントと現場による。この番組はどうだろうか、変に会話してゲームに影響あるとまずいし……と周りの出方をうかがっていると、出演者の誰よりも先に幸良Pが立ち上がって手を上げた。

「〈語り手〉の皆さん、聞いて下さい」出演者を見回す幸良P。「勇崎さんはまだ到着していませんので、このまま進行お願いします。もしこのあと勇崎さんが到着しても、エキシビション的に

トークだけしてもらいますが、ゲームへの参加はなしとします」

なるほど、そういう処理になったのか。村崎くんが「マジかよ、ほんとにこんなことあるんだ」と愉快そうに言った。こういうトラブルにわくわくしてしまうのは人前に出る職業の性かもしれない。これが例えば医者だったら、仕事上のトラブルが起きたときに高揚感なんて湧いてこないだろう。

「じゃあ、勇崎さんは人狼じゃなかったたってことですかぁ？　人狼いないのに人狼が誰か推理しても意味ないし」

もち子ちゃんの指摘。確かにそうだ。もし勇崎さんが人狼だったら、勇崎さんなしで進行する、という判断になるわけがない。

ここで隠す意味もないだろうし、当然イエスの回答が返ってくるだけだろうと思っていたが、幸良Pは無表情のまま「問題ないです」とだけ言って、ぱん、と手を叩いた。

「さ、CM明けは滝島さんからお願いしますね。イレギュラーな形にはなっていますが、もともと放送が始まった当時のテレビなんて全部のコンテンツが生放送だったわけで、このくらいのトラブルは日常だったはずです！　頑張って今日の特番、成功させましょー！」

「気合いの入れ方独特やなぁ」

滝島さんがリラックスした関西弁でゆるくつっこむ。空気がなごやかになったところでCM明けまでの秒数のアナウンスが入る。椅子の背もたれに身を預けていた滝島さんが浅く座り直し、他の出演者たちもゆるんでいた空気をぱりっとさせるように姿勢を正す。

本番が始まる。

フロアDの指が二本、一本と折りたたまれ、最後に頭を下げて手で「どうぞ」と示すように開始を表現する。カメラのタリーランプが灯り、SEが鳴り響く。

「さあ！」

CMによってTV画面から意識がすこし逸れたり手元のスマホに目を奪われたりしている視聴者を一発で引き戻すような、芯の通った声で滝島さんが言う。

「それではルーレットを回していきましょう。記念すべき生放送回、最初にゴシップを話してくれる〈語り手〉は誰になるのか――」

唾を飲み込む音が聞こえる。

「ルーレット――スタート」

モニターに二列のスロットのようなCGが現れたかと思うと、滝島さんの掛け声で回転を始めた。左の列には出演者の名前、右の列にはABCのアルファベット。

七年前なら、トップバッターはいやだトップバッターはいやだと脳内で連呼していたと思う。滑ったり失敗するのが怖くて、一回の収録を無傷で終えることに意識が向いていたあの頃。いつまでも、いつでもテレビに出られると勘違いしてたから、そんなチャンスを捨てるような真似ができたのだ。

今は違う。とにかく画面に映りたい。カメラで抜かれたい。チャンスを逃したくない。トップバッター上等。来い。A級でもいい。

おれに喋らせろ。

そんな気概で画面を見つめる。

「ストップ！」

回転が徐々にゆっくりになっていく。表示された名前とゴシップのランクを、滝島さんが高らかに読み上げる。

「京極バンビ、B級ゴシップ――！」

京極 バンビ

「京極バンビ、B級ゴシップ――！」

「うっわ最悪」

ルーレットが止まった瞬間、口元に手を当ててため息交じりにそうこぼす。ただし、あまり引きずらない。収録だったらカットされるような間も、生放送では当然ながらOAに乗ってしまう。変に間延びしたコメントやリアクションは番組のテンポを削ぐ。

「じゃあ、トップバッター行かせてもらいますね」

ゲームスタート後は、あたしの台本上は〝ルーレットに従いトーク〟とだけ書かれている。

とはいえ、嘘ゴシップのトークは事前にもらってあるし、マネージャーに向けて何度か話して練習してある。エピソードトーク自体は特に苦手ではない。あたしはこれでも、大御所MC相手に三分尺のエピソードトークを話し切ってしっかりウケたことだってあるのだ。今日のメンバーは全員格下だし、MCも最近勢いを落としてる芸人なので出演者に対する緊張は皆無。生放送という怖さはあるが、別に多少噛むくらいの失敗なら逆に愛嬌として受け入れられる。何も恐れることはない。

それに、どうせ出演者も視聴者も、トップバッターのトークの印象なんてすぐに消える。このあと俳優・勇崎恭吾の死体が登場するんだし。

あたしは事前に聞いていた進行通りに、Ｂ級のフリップを左手で取り、バカリズムが大喜利の回答を出すときのようにフリップの上側に人差し指一本だけをかける持ち方で構える。昔、ひるねに大喜利の魅力を教えてもらう、という深夜番組内の企画で、ひるねが熱心に語っていた持ち方。ひるねをテレビで見ることはもうないんだけど、そのＤＮＡはあたしが受け継いどく。

あたしはフリップをひっくり返してカメラに向け、タイトルを言った。

「じゃん。あたしが持ってきたＢ級ゴシップは――『モデルの友だちが大人気俳優Ｋさんにキツめの告白された話』です」

他の出演者たちが「マジかよ」という雰囲気で笑う。

「いや、エピソードの内容も気になるけどいったんまず言わせて、フリップの出し方がもうバカリズムさんなのよ」

芸人の市原がつっこみを入れてくる。スルーされるかと思ったがしっかり拾われたので良かった。まあここで拾われなくてもどうせ視聴者が勝手にスクショか違法切り抜き動画をＳＮＳに上げて「バンビちゃんのフリップの出し方が完全にＩＰＰＯＮグランプリで好き」みたいなコメントしてる投稿が出てくるんだろうけど。テレビのスクショを上げることを日常の一部に組み込んでいるタイプの人間がいることは、売れてエゴサするようになってから初めて知った。

「いや、てかモデルの友だちと俳優のＫさんって、登場人物二人とも芸能人なのはヤバいっすね。

攻めてるぅ」

　バンドマンの村崎もテンションが上がっているようだった。芸能人というのは表に見えている十倍くらい芸能人同士でこっそり付き合ったりやったりしているものなので、そういう話には事欠かないし、そこに群がる噂好きも一定数いるものなのだ。

　とりあえず、ここはそつなく話しておく必要がある。さすがにこの中で一番タレントパワーの高いあたしを一ターン目で追放しようとする馬鹿はいないと思うが、仁礼ともち子は実際馬鹿っぽいし清水もバラエティ的な空気の読み方ができるのかは未知数だ。変に疑いをかける口実を与えないように、さくっと語り出そう――としたそのとき。

「ちょっと待って、バンビちゃん袖にバミテついてない？」

　とんでもない大発見をしたかのような大声で、仁礼があたしを指さしていた。正確にはあたしのドレスの袖。確かにそこには、出演者の立ち位置を示すために床に貼られる、バミリ用のテープの破片がひっついていた。

　突然すぎて面食らってしまうが、指摘された以上はくだりとして処理しないといけない。あたしはやや大げさ目に、

「え、何でこんなとこにテープ？」

　収録なら丸々カットしてくれるが、生だとそうはいかない。ここでひと笑い入れるか何かしないと、もうあたしのエピソードなんて頭に入ってこなくなっちゃう。

　何で今指摘するんだよ、ＣＭ中とかにこっそり言ってくれればいいだろ、という怒りをこめて呪いつつ、「てか、今日の放送バミリいらなくね？　いつ付いたんだろ」と言った。

「今日一日中収録だったんでしょ、別の番組で付いたんじゃない？」仁礼の無邪気な推理。

「いや、毎回衣装変わってますから！　ふつうの番組でこんなドレスとか着ないし！」

ウケてはいないものの、ははは、と和やかな感じにはなった。まあ及第点か。

「生放送ならではのハプニングですね」滝島がなんとかこのくだりを終わらせてくれる。

あたしは小さく深呼吸して、じゃあ気を取り直して、と言って語り始めた。この放送が終わったら仁礼に共演NGを出すか悩みながら。

「あたし、芸能界で一番長い付き合いの友だちがいて。読モ時代からずっと仲いい子で、互いの恋愛事情とか百パーセント共有してるんすよ。スマホのパスワードもお互いの知ってるくらい」

「仲いいのベクトルが変すぎるでしょ」村崎のつっこみ。あたしはそつなく、

「もしお互いが死んだらお互いのスマホの中身全部削除するって決めてるんで」

「どんだけやばい情報入ってんの」

出演者たちが軽く笑う。笑いの波が収まりかけたところで「まあ」と注目を集める間投詞をはさみ、言う。「これぶっちゃけMARINちゃんの話なんですけど」

「え、マジ？」「名前出して大丈夫なの」――場に、高揚をまとったざわつきが広がる。名前を出しやすい芸人や、大した知名度のない自称インフルエンサー系ではない、しっかりバリューを持った名前が出たことへの驚き。

モデルという職種は意外と芸能人からの知名度が上がりにくかったりするのだが、MARINちゃんの名前はさすがに全員知っている。二十代向けの雑誌はだいたい表紙飾った経験あるし、YouTubeのメイク講座はかなりの再生数があるのでそこをフックにしたテレビでの露出も多い。

「ＭＡＲＩＮちゃんの方は別に恋愛関係オープンにしてる子なんで大丈夫だと思うんですけど、一応お相手の俳優さんはイニシャルでいきますね。

ＭＡＲＩＮちゃんってまあもちろん美しいし性格もからっとしてるしで、マジでモテるんですよ。いや、ゆーてあたしもモテるかモテないかで言えばモテるになるんですけど、ＭＡＲＩＮちゃんのモテはもう次元が違ってて、３Ｇと５Ｇくらい圧倒的な差があるんです」

何やその喩え、と短いつっこみが滝島から入り、またひと笑い起きる。ちなみにＭＡＲＩＮちゃんのモテ度合いの話は本当だ。嘘をつくときの定石――真実をほどよくブレンドする。

「そんなＭＡＲＩＮちゃんなんですけど、芸能人には全く興味なくて、むしろ芸能人の方ってみんな遊んでるし浮ついてるし自分が好かれて当たり前って思ってる人ばっかりだから嫌い、ってタイプで。だから共演者に連絡先聞かれたりとか業界のパーティ呼ばれたりとか全部断ってたんですけど、唯一断れなくて食事に行くことになったのが、俳優のＫさんだったんです」

「イニシャルは仮ですよね？」滝島の問いに、にっこり微笑みだけを返す。まあ、実際のところ作家が考えた嘘エピソードなので、イニシャルに仮も何もない。ただの作り話。

「Ｋさんは、ＭＡＲＩＮちゃんとドラマで共演してて。二人は兄妹役だったんですけどＭＡＲＩＮちゃんがＮＧ連発しちゃって、撮影がマジで過去類を見ないくらいに押して。そんな撮影の帰りにＫから〝話聞くよ？〟みたいな感じでご飯に誘われたんで、流石のＭＡＲＩＮちゃんもこれは断れないぞ、ってなっちゃったみたいなんです。

そしたら個室バルみたいなところに連れて行かれて。石の上にチーズ載せて出してくるような感じの雰囲気のお店だったらしいんですけど」

「なんか言い方に悪意あるぅ」

もち子が目尻を下げながら口角を上げる独特な笑い方で一言挟んできたが、適当に頷いて処理する。

「で、最初は普通に演技の話とか監督の話とかしてたみたいなんですけど、徐々に彼氏いるの？とか今まで誰と付き合ってきた？　とかそういう話になってきて。ゆーても共演者なんで、雑に返すわけにもいかないから失礼にならない程度に受け答えしつつ、演技の話に軌道修正し続けてたらしいんですよ。Kさんのこれまでの作品のこと褒めて露骨にヨイショヨイショして、演技って難しいですよね、わたし一人っ子だから妹役って全然つかめなくて、Kさんってメソッド演技みたいなテク使ってやってるんですか、みたいな。

そしたらKも調子に乗って、役者論みたいなの語り出して。『結局は人間観察よ』とか。『ほどよく監督の指示に意見して芯がある風に見せた方が逆にいいよ、OK出た後ももう一回撮らせてほしいって言ったりするとか』とか。『立ち振る舞いも大事だけど、声だけで表現するところまで行けると仕事の幅広がるぜ。俺アニメ映画の声優のオーディションで、本職の声優に勝って役もらってるからね』とか」

「うわー」もち子が自分自身を抱きしめるようにして鳥肌のポーズ。

「ちょっとあんまりピンと来ない役者論ですね」清水が苦笑交じりに所感を述べる。

「そう、MARINちゃんもピンと来ないなーみたいなこと思いつつも愛想笑いしてたらしいんですけど、どんどんKが乗ってきちゃって。ちなみにMARINちゃんが一番つぼにハマったKの理論で言うと、」盛り上がりポイントなのでいったん間を取って注意を引きつける。「『台本って黒いとこより白いとこの方が多いだろ？　大事なんだよ、行間ってやつが』」

出演者たちが噴き出す。笑いどころでちゃんと反応してくれて嬉しい。

「まあ終始そんな感じだったんで、ＭＡＲＩＮちゃん的にはマジでキツい数時間だったみたいなんですけど持ち前の対人スキルでギリ乗り切って、二軒目行く流れになりそうなところをなんとか断って事なきを得たんです。ただ、Ｋの方はもうイケる、と思ってたんでしょうね。ＭＡＲＩＮちゃんが家に帰り着いたらＫからＬＩＮＥがきて」

この話のクライマックスを迎える。あたしは変に煽りすぎず、それでいてさらりとしすぎないくらいの間をおいて、

「『妹じゃなくて彼女になれば？』ってメッセージを」

「うわ」

「ボイスメッセージで録音して送ってきたんですよ」

そこで全員が声を揃えて「うわ――！」と叫んだ。この、満場一致のリアクションを得られる瞬間がたまらなく気持ちいい。トークのスキルが証明されたような気持ちになる。

「マジで怖すぎ」「痛すぎる」「声優のオーディション受かって分かりやすく声に自信持っちゃってるじゃん」「Ｋって誰、ガチで気になる――」

各々がコメントを決めてくれる中、芸人の市原が「てか、バンビちゃんのトークスキルがエグいって」とこぼしたのに、周りが同調する。

「その辺の若手芸人よりずっと話し慣れてるわ」と仁礼。

「さすがバラエティ女王」と村崎。

「これ、本当やったら嫌やなぁ」と市原。

「えー、わたしが持ってきたの、そんな笑いどころある感じのエピソードじゃないんですけど」ともち子。

「あくまでゴシップ人狼ですからね。〝すべらない話〟じゃないので。ゴシップであれば笑いナシでも全然ＯＫです。さあ、議論タイムはあとでしっかりとりますので、どんどん行きましょうか」

もち子の発言を拾って、ＭＣ滝島がさらりと進行する。場の盛り上がりをゆるやかに収束させつつも場を支配する声の使い方。この辺はやっぱり上手いな、と感心する。

「では――ルーレット、スタート」

ルーレットに指されたのは村崎で、Ｃ級ゴシップの指定。

「うわー、バンビちゃんの後はキツいっすね」

技巧的に切り揃えられたマッシュルームへアーを揺らしながら、村崎は言った。心なしか、フリップをまさぐる手がおぼつかないように見えた。〈人狼〉のあたしと違って、他の出演者にはガチのゴシップを語るというスリルがあるので緊張するだろうな、と思った。バラエティで芸能人の友だちのエピソードトークをしたあとに本人から「この間私の話テレビでしてたよね」と連絡が来て文句を言われることはよくある。ゴシップという名のつくエピソードならなおさらセンシティブだろう。

「まあ、Ｃ級なんで気楽に行きますけど……俺の持ってきたＣ級ゴシップは、こちらです」村崎がフリップを提示する。「『紅白出場バンドのボーカル〝Ｍ〟、手を出したファンにあらゆる財産を盗られる』」

驚嘆の声が上がった。紅白に出場しているバンドのボーカルでイニシャルがMとくれば、ある程度想像はつく。それでもイニシャルにしておくことで、番組的には最低限の防衛ラインにするつもりなんだろう。

「えー、シンプルにここに書いてあるまんまの話なんですけど、俺もMもインディーズだったころに何度か対バンしたことあって、共通の友人もけっこう多いんですよ。んで、これはその界隈ではわりと有名っていうか、鉄板の話なんですけど。

Mってそれまで女性関係の浮ついた話全然聞いたことなくって、音楽にストイックなヤツなのかなって思われてたんですよ。割とみなさんもそんなイメージ持ってません？　でもあいつ実は、ファンとインスタのDMでめちゃくちゃやりとりしてて、気に入った子とは遊んだりしてたらしくて」

「最近DMからってパターン多いよね。芸人にもかなりいるわ」仁礼のやや邪魔くさい合いの手に、村崎は「そうなんです」と話を続けた。

「で、両手じゃ数え切れないくらいの人数のファンと遊んでたんですけど、あるとき〝本命〟ができたんですよ。専門学校か何かの学生の女の子で、何回かデートした後もう本当に付き合うってなって、同棲までしはじめたんですよ。あ、未成年とかではないんで安心して下さい。未成年だったらA級ゴシップになっちゃうし」

村崎は自分で言ったフレーズがつぼに入ったらしく、若干自爆気味に笑った。

「失礼。で、よっぽどその子が刺さったんでしょうね。二人で西麻布のタワーマンションに引っ越して、家具とか家電とかもがっつり揃えて。その辺でほかのメンバーとかマネージャーにも彼女の存在を明かしたらしいんです。

で、この間あのバンド、全国ツアーやってたんですけど」

「もうイニシャルの意味なくなってきてるけど」

あたしは笑いながら、一応つっこんでおいた。もし村崎があたしのトークの分量や密度に感化されて、少しでも自分のトークの刺激を強めようとして無茶をしてるのであればここでやめさせておいた方がいい。そのきっかけとしてのコメントだったのだが、ちらりとフロアDの方を見ても特にカンペなども出てないので、問題はないらしい。

村崎は特に動じず、続ける。

「まあ、どこの誰とは言ってないんで。そう、全国ツアーで、地方のライブが重なって二週間くらい家を空けるタイミングがあったみたいなんですけど、二週間ぶりに帰ってきたら、部屋の中の家具と家電が根こそぎ一切なくなってたんです」

あたしはひぇ、と分かりやすい悲鳴をあげた。いまこの話にどういうリアクションを取るのが正解か、視聴者をさりげなく導いてあげること。それが聞き手ターンのあたしの職能。そこそこインパクトのある話なので、リアクションはとりやすかった。

「もう冷蔵庫とか洗濯機とか、あとソファ、ダイニングテーブル、なんかおしゃれな間接照明、ギターとかアンプとかの楽器関連、靴とかTシャツとか、もうあらゆる物品が全部なくなってる上に、その子のSNS全部消えて、音信不通になってて」

「ファンのふりした大泥棒だったんだ」

「笑ったのが、エアコンまでなくなってたらしいっす」

マジかよ、と笑いが起こる。

「これマジだったらMさん可哀相すぎる」もち子の感想。

「警察には連絡したんですかね？」清水の質問。

「警察には言わなかったみたいです。恥ずかしかったんじゃないですかね、ファンだと思って同棲してた子に全財産持ってかれたってバレるのが。まあ、顔ファンも多いんで、彼女バレするのはMとしても痛いですからね。はい、そういう話です」

もっと構成や振り方に改善点はある気がするが、本業がバンドマンだと考えるとわりと悪くないトークだった。内容もインパクトはあるけど、引くほどではないちょうどいいラインだと思う。作家に手伝ってもらったのかもしれない。

あたしは「人間不信になりそー」という可も不可もないフラットな感想を述べた。

「めっちゃ弱み突かれてるじゃん」「泥棒の子、頭良いな」「悲惨ですね」

他の出演者が程よく短めに感想を出し尽くすと、「それではどんどんいきましょう」としっかり切って、滝島がルーレットを回した。

そこで、スタジオの空気が変わった。

「うわ」「出た！」「出るんだ……」

ルーレットの結果に、あたしも含めた全員が驚きの声を上げた。

モニターの画面には〝清水可奈　A級〟という文字が表示されていた。

「うわー、本当に出るんですね……」

清水はおっとりとした顔を崩さず、とはいえそれは表情に出していないだけで内心ではびっくりしているらしく、手元のお茶に手が引っかかってこぼしそうになっていた。動揺されてますねぇ、と滝島が煽る。

「生放送だから絶対ないだろうって思ってたんですけど……あー、やだやだ。怖いですね」

「ルーレットはランダムですから、もちろんAが出ることだってあります。覚悟を決めていただきましょう」

滝島はそう言うが、さすがにルーレットがランダムでないことはあたしも他の出演者も気づいている。あるいは一部の目ざとい視聴者も。

だからこそ、ここでの清水・A級ゴシップには制作側の意図がある。少なくとも、盛り上げどころだという判断はあるに違いない。序盤にひと山作ろうとしているのだ。

制作の意図を読み解くところからタレント（天然系のキャラの奴や何を言っても絵になる大御所は除く）の仕事は始まる。あたしみたいなポジションだと特に。馬鹿みたいに楽しそうに喋ってたりVTRを観ているだけに見えるタレントも、全員脳細胞を総動員して、求められている言動を探りながら出力しているのだ。いくら時代が変わってYouTubeなりTikTokなりに押されているとはいえ、全国ネットのテレビ番組は誰でも出られる媒体ではない。出る価値のある人間であるためには、最低限、作り手のほしい画を察知し、時にはその期待を超えるような何かを提供できなければならない。

まあ、とはいえどんな状況でもあたしは対応できる。制作側の考えを読み取り続けてテレビに出てきたのだ、聞き手ターンはいつも通りに適度にリアクションをこなせばいいだけ。そう思っていた。

だが、清水がフリップを裏返した瞬間に、あたしの思考は止まった。

「大変気まずいことに、私が持ってきたA級ゴシップは——勇崎さんの話なんですが」

清水の手にしたフリップには、『勇崎恭吾氏、昔はワルだったエピソードをよく語ってるけど実はここ数年は……』と書かれていた。

甲斐 朝奈

《大変気まずいことに、私が持ってきたA級ゴシップは——勇崎さんの話なんですが》
わたしの知らない女優さんが手にしたフリップには『勇崎恭吾氏、昔はワルだったエピソードをよく語ってるけど実はここ数年は……』と書かれていた。
《まさか遅刻してこられるとは思ってなくて、ご本人がいない場で話すのも気が引けるんですけど……私A級のゴシップこれしか持ってきてないんで、話させてもらいます》
出演者たちは困惑しているようだったが、MCが「構いませんよ。芸能人のものであれば、誰についてのゴシップでもOKです」と女優に促したことで、話を聞く姿勢に入った。
《私は映画で何度か勇崎さんと共演したことがあって。勇崎さんって皆さんもご存じの通り〝昔はやんちゃしてた〟ってキャラでよくインタビューに答えたりトーク番組で語ったりしてたと思うんです。実際、少し前まではそのイメージを活かして任俠系の役もやってらっしゃったと思いますし。朝ドラでヒロインの父親役をやってからは爽やかな役も増えましたけど、どこかで〝昔

はゴリゴリにケンカしてた》ってキャラを表に出して、芸能活動をされてたと思うんです》
わたしが画面を凝視していると、小羽石さんがボトルをわたしの目の前に置いてくれた。
「レモングラスほうじ茶。あったかいよ」
「ありがとうございます」
考えてみれば、男の人と自分の部屋で二人きりなんて、いつぶりだろう。もしかしたら多少は緊張感を持ってもいいのかもしれないが、小羽石さん相手にそんな気は起きなかった。というか部屋に小羽石さんがいることよりも、この番組を見ることの方が何倍も緊張する。
わたしはただ、テレビを見せてもらっているだけなのだ。家にテレビがないわたしのために、わざわざ家から持ってきてセッティングしてくれた、良い人すぎる小羽石さん。
画面の中では、女優さんがか細めな声で語っていた。
《でも。私、映画の撮影の打ち上げで聞いちゃったんです。勇崎さんは、あの感じで売り出してるわりにここ数年は一度も法を犯したことがないんだって》
スタジオが静まりかえった。ちょっと不安になるくらいの間だった。
《えー、以上ですか?》
MCの問いかけに対して、女優さんが頷いた。そこで初めて他の出演者たちが発言権を得たかのように反応しはじめた。
《これゴシップなんですか?》《どういう話?》《勇崎さんいたらどう話すつもりやったんすか》
全員が笑いながら思い思いの感想を言う中、《というか》と若めの芸人さん——仁礼さんが手を挙げて発言の隙間を作り、

《これ、もし清水さんが人狼だったら、ヤバくないですか？》
その発言の意味を嚥下するための時間が数秒流れたのち、出演者たちは次々と口を開いた。《今のが嘘だとすると、勇崎さんがここ数年のうちで罪を犯してるってことになるのか》《そうだとしたら確かにA級って感じだけど》
場の盛り上がりを焚きつけるように、MCが高らかに言う。
《さあ、盛り上がってきましたがまだ三人目ですから。この後の議論時間の際に大いに話し合っていただければと思います。次に行きましょう。ルーレット、スタート》
映る画面が切り替わり、出演者名とABCのアルファベットが回転する。この演出そろそろちょっとかったるいな——と思っていたそばから、画面の色が反転した。白背景が黒背景になり、怪しげな音楽が流れ始めたかと思うと、ルーレットが止まった。予想外の文字列が画面いっぱいに映る。同じタイミングで、スタジオの照明が落ちた。唐突な暗転がカメラ越しのモニターをより印象づける。
運営　S級
視聴者であるわたしがびっくりした以上に、出演者たちが驚いているのが分かる。スタジオが騒然となっているのが伝わる、細やかなカメラの切り替え。芸人さんもバンドマンさんも女優さんもアイドルさんも、不審がるようにモニターを見ている。
「こういうパターンもあるんですっけ？」
わたしがそう質問すると、小羽石さんは画面を凝視しながら、
「一応全部のオンエア見てるけど、ルーレットでこんなのが出るのは、初めてだね」

《え、どういうことですか?》
ぽかんとした顔でアイドルの子——もち子さんが呟いた。出演者たちの視線は、MCの滝島ライトさんへと注がれている。
《えー、ここで、運営のターンが来たようです》
MCの元へ、スタッフらしき人が駆け寄ってきてフリップを手渡した。素早い所作。
《運営の持ってきたゴシップ、僭越ながら自分が代読させていただきます》
《なになに、怖いって》——芸人の市原さんのガヤ。
《S級ってどういうことっすか》——バンドマンの村崎さんの疑問。
《A級の上ということですね》
MCの滝島さんは受け取った黒色のフリップを構えた。スタジオの照明がゆるやかに落ち、スポットライトが滝島さんに当てられる。
《演出怖すぎる》《こんなの今までなかったじゃん》出演者たちの不安げな声。
ガヤを無視して、滝島さんはまっすぐカメラ目線で、
《運営が持ってきたS級ゴシップは、こちらです》
黒地に白文字でおどろおどろしく書かれたフリップを、表向きに返す。
『勇崎恭吾は、遅刻しているのではない。何者かによって殺されたのである』
《トークは一文で終わります。勇崎恭吾さんは、殺されました》

3章　個人の感想です。

京極　バンビ

「トークは一文で終わります。勇崎恭吾さんは、殺されました」

滝島の神妙な言い方に、あたしはぐっと気を引き締めた。清水の語ったゴシップは気にはなったが（あれでA級だと制作側は認めたのか？）、別に何かあたしの障害になるようなことではないと思い直した。あたしはあたしの目的を着実に遂行するだけ。

ここからは、あたしから業界人への——プロデューサーたちへのアピールの時間だ。

殺人犯としての振る舞いを完璧にこなしてみせる。

他の演者たちは状況を理解していない。

「いや、どういうこと——」市原が困惑のリアクションをとる。

「映像が届いております。こちらをご覧下さい」

副調整室（サブ）のＶＴＲ出し担当の人も聞き逃すんじゃないかと思うほどにあっさりすぎるＶ振りだったが、しっかりとモニターにＶＴＲが流れ始める。ここから放送にはＶＴＲの方が乗り、あたしたちの顔は画面右上、ワイプで表示される。
予定通りの進行。
ＶＴＲは、楽屋らしき場所にいる勇崎さんの画で始まった。座りのワンショットだが、なぜか勇崎さんは微妙にぽよんぽよん上下運動している。そういえばテレビに出るときは楽屋にバランスボール置かせてるって言ってた。
《事前インタビュー？　いいよいいよ、いくらでも撮りな》
勇崎さんの、気さくな声。
――すみません、テレビが映（バレ）っちゃってるんで画角変えさせて下さい。
そうテロップが出た。インタビュアーのディレクターの発言ということだろう。確かに勇崎さんの下手側にテレビが映っていた。毎週土曜のお昼にやってる情報報道番組で、星座占いの画面が流れている。
《だったら最初からその画角で撮れよ》
勇崎さんが笑う。もっともな指摘だが仕方がない。
この映像が、ヒントなのだから。
――今回の『ゴシップ人狼２０２４秋、出演快諾いただきありがとうございます』
《自分で言うのも何だけどさ、なかなか俺みたいな俳優が出るのは珍しいよな》
――勇崎さんレベルの俳優さんは、正直初めてです。大河俳優のトーク、楽しみです。

《期待してもらっていいよ。俺は俳優の中でも飛び抜けて遅咲きだからよ、業界の汚ねえ部分を真っ正面から浴びてここまで来たから》

——だまし合いは得意ですか？

《人生で嘘つかれてきた数なら俺がダントツだろうから。そこらの兄ちゃん姉ちゃんには騙されねえよ》

——楽しみです。ところで……

そこで勇崎さんのスマホから短い通知音。勇崎さんはスマホを手に取り、表情をほころばせた。

《悪ぃ。ちょっとインタビュー中断させてくれ。人が来ることになってんだ》

——人が来る？　楽屋挨拶ですか？

《そんなもんだ。一時間後にまた来てくれ》

そこで映像が暗転し、〝一時間後〟のテロップが画面中央に表示されたのち、楽屋扉にこんこん、とノックするスタッフの手が映し出された。何度かノックするが、応答はない。

——勇崎さん、入りますよ？

ディレクターがゆっくりと扉を開け——悲鳴をあげた。ここで初めてディレクターの音声が乗った形になる。そういう演出なのだろう。

想定外の事態であることを裏付けるようにカメラがガタガタにぶれながらも、楽屋の中央で仰向けに倒れている勇崎さんの姿を捉えていた。蒼白な顔と、腹部に突き刺さったごつい刃物と、赤い血もばっちり映っている。なぜか右手が口元、左手が額に置かれた不思議なポーズ。

《勇崎さん、勇崎さん——》

あたしは一連の映像を見ながら、無表情からややアンニュイな微笑み寄りの表情を浮かべていた。いいところをスイッチャーが抜いてくれているだろう。

他の出演者たちは手元のモニターで映像を見ているので、あたしの表情までは見ていない。視聴者にだけ見えてれば、ヒントとしては十分だ。勝手に考察してスクショとともにSNSに投稿する奴も出てくるはずだ。

《こうして、勇崎恭吾の死体が、楽屋にて発見された》

VTRはそのナレーションで締められていた。

「さぁ！　ということで勇崎さんは殺されてしまったわけですが――」

「いやいやいやいや」

VTR明け、威勢よく進行しようとする滝島に対し、市原が間髪入れずにつっこむ。

「どういうことっすか？」

「どういうこと、とは？」

「腹立つとぼけ方するなぁ……いや、今のVTRなんなんですか。勇崎さん、殺されてましたけど」

「そうなんです。殺されてしまったんです。悲しむ気持ち、悼む気持ちは分かりますが、本番中ですので冷静に」

「そういうノリか……」

市原も諦めたようで、肩をすくめて背もたれに身を預けた。あたしも一応ニュートラルなコメントでも挟んどくかと思い、真剣な表情を作る。

「勇崎さんは遅刻なんてしてなくて、実は楽屋で殺されてた——ってことですか」

「そういうことです」

「要するに、ドッキリ？」もち子がずばり訊く。「ちょっと待って、生放送でこんな出演者全員巻き込むドッキリとかアリなんですか？　違う意味で怖すぎるっていうか、事故るでしょ絶対」

もち子がそう抗議すると、滝島が首を傾げた。

「ドッキリ、というと？」

わざとらしいとぼけ方に、出演者全員がこれ以上滝島を詰めても何も起きないということを理解したらしく、誰も何も言わない時間が一瞬流れた。

「さあ、ということで」滝島が場を引き取る。「この村で一緒にゴシップトークを楽しむはずだった勇崎恭吾さんが、何者かによって殺されてしまいました。今宵、この村には勇崎さん以外には皆さま六名しかいなかったと聞いております。つまり——勇崎さんを殺した犯人は、この六人の中にいる」

でででん、というSEが流れ、六人の出演者が一人ずつカメラで抜かれていく。

「殺人犯を野放しにしておくわけにはいきません。皆さんにはこれから、勇崎さん、いい、いいい、いいいも推理していいただきます。犯人が分かった方はそのタイミングで挙手していただき、犯人を当てていただいて構いません」

「それ、もし当てれたらどうなるんすか」仁礼のまっすぐな質問。

「みなさん、今日の賞金、『二百五十万円って、ぶっちゃけ半端な金額だなぁ』とは思いませんでしたか？」

「正直思いました」仁礼の馬鹿正直な返答。滝島は苦笑しながら、

「そんな仁礼くんに朗報です。この〝勇崎恭吾さん殺人事件〟の犯人と証拠と動機を正しく提示できた方には、二百五十万円の報奨金をお支払いいたします。もともとのゴシップ人狼の方の賞金と合わせて、合計五百万円。今回は初の生放送ということで、賞金にも気合いが入っています」

滝島の説明に合わせて、説明を補足するＶＴＲが大画面モニターに流れる。¥5,000,000という文字がきらびやかなエフェクトに囲まれてどかんと現れたところで、出演者たちがおお、と感嘆の声を上げた。

出演者全員が気づいているとおり、これはドッキリだ。勇崎さんが誰かに殺された、というドッキリ。

仕掛け人――すなわち、このドッキリの存在を知っていた出演者は、ＭＣの滝島とあたしだけ。他の五人はドッキリをかけられる側。

今回は色々と紆余曲折あった結果、〝ゴシップ人狼〟のゲーム自体は本筋としてありつつ、そこにさらに〝勇崎恭吾殺人事件〟という別の要素をドッキリで差し挟むという、若干ややこしめの構成になっている。生放送でやるにはスタッフ側も演者側も技量が試される内容だった。いちおう、ここまでは割と台本通り進んでるし、順調っぽい。

〝勇崎恭吾殺人事件〟の軸では、明確にあたしに役割がある。

すなわち――犯人役。

勇崎恭吾を殺した――という体で立ち振る舞うのがあたしに課せられたミッション。この企画

が成功するか失敗するかを背負った、めちゃくちゃ大事な役割である。

あたしが犯人であることが当てられるか当てられないかは他の出演者次第だが、たとえ他の出演者たちが全員推理を外したとしても最終的にあたしが犯人であることは明かされ、殺害の手順や動機を語るタイミングはやってくる。ある意味そのパートは即興演劇であり——視聴者や業界人たちに向けてあたしの演技力を見せつけるのに十分すぎる舞台だといえる。

このゴシップ人狼は、芸能人のガチのゴシップを話すという企画の性質上、業界視聴率が非常に高い。バラエティ系だけでなくドラマ系の人間も含めて、他局のテレビ局員や制作会社のプロデューサーがばっちり見ている場なのだ。そんな場で展開に合わせたアドリブも挟みながら犯人として独白の演技をすることができれば、キャスティング権を持った業界人どもに「え、バンビちゃんってこんなに演技できんの」という認識をばっちり植えつけることができる。

あたしはもうこれ以上、今の立ち位置で仕事をし続けることに限界を感じていた。モデル上がりのギャルタレントなんて、三十になる前にはタレントとしての賞味期限を迎えているとしか思えない。結婚してママタレとして新しい領域に行くか、キャラを変えて大御所MCの横でサブMCができるくらいのランクまで登り詰めるか。だが前者は今のところ無理なのが確定している。後者も狭き門すぎるし、制作費が削られていく一方のテレビ制作現場において、キャスティング費のかからない「女子アナ」で代替できるようなポジションを目指すのは悪手としか言いようがない。

だからあたしは、バラエティを卒業してお芝居の方向に行きたい。子どものころからの本当の夢——ドラマでメインを張れるような女優。「SPEC」の戸田恵梨香みたいな芯が通ってて強い役をやるのが中学生のときの夢だった。

テレビがこれから先――あたしが四十歳とか五十歳になったときに存在してるかは分からない。けど、ドラマというコンテンツがなくならないことは断言できる。たとえテレビがなくなったとしても、コンテンツそのものがなくなることは絶対にないし、そこには必ずお芝居の力を活かす場が存在し続ける。

だが、妙に一度バラエティで成功してしまったがゆえに、事務所としてもバラエティとモデルとCMで稼げるだけ稼がせようと思ってるらしく、あたしに演技の仕事はまったく来ていない。勇崎オフィスは所属タレントが俳優に偏っているので、バラエティをしっかりこなせる京極バンビというタレントは、その路線に絞って育てようとしているのだ。そもそもオファーが来てないのか、事務所が女優仕事を蹴っているのかは分からないが、何度女優をやりたいと訴えても「まだ早い」とやんわり却下され続けてきた。

だからこそ、実力でもぎ取りたい。せめてオーディションに呼んでもらえるタレントになりたい。事務所も主演級のオファーが来ればさすがに方針を改めるだろう。

あたしでドラマ一本撮りたいと思わせる演技を、画面の向こうのプロデューサーたちに見せつけてやる――それが、あたしの今日のミッションだった。

だからこそ、犯人役の役作りには気合いを入れた。この一ヶ月間、殺意なんてかけらも抱いてない勇崎恭吾という人間を殺す役柄になりきるために、殺人犯の思考をトレースし続けた。図書館に行って殺人犯の手記も読んだし、裁判を傍聴しに行ったりもした。

それくらい、あたしは本気なのだ。だからこそ、このドッキリをばっちり成立させたい。今日の出演者たちは頭がよかったり勘が鋭いやつはいなそうなので正直頼りないが、そこは犯人役のあたしが上手くヒントを出したり誘導してやればいいだけだ。あたしの腕の見せ所。

「今宵のゴシップ人狼はひと味違います。ぜひとも勇崎さんを殺した真犯人を推理し、最大賞金の五百万円を目指してください」

滝島がそう煽ると、暗く落ちていた照明が元に戻った。ドッキリの説明が終了したという合図。出演者たちは明確に困惑していた。

「犯人って言われても……ノーヒントすぎるんじゃ」「『水曜日のダウンタウン』で津田さんがやってたやつみたいな感じか」「勇崎さんのトーク聞きたかったぁ」

ぐだぐだと文句に近い感想を述べる出演者たち。その中で、仁礼が突然立ち上がって全員を指さした。

「この中に犯人がいるんですか？　誰ですか？　おれは違いますよ、市原さんですか？」

目立とうとして無理矢理設定に乗っていこうとしているのか。仁礼の荒い振りに、市原は「俺はちゃうよ」と呆れたように言った。

「じゃあ誰なんですか？　もち子ちゃん？　清水さん？　村崎くん？　それともバンビちゃん？」

「違いますよ。てか、それ全員の名前言っていってるだけじゃないですか」村崎が笑う。もち子も清水も困ったように「犯人じゃないですよ」と返す。あたしも当然「あたしじゃない」と短く言った。

まさかこんな真っ正面から問いかけてくる奴がいるとは思わなかったので、あたしは苦笑した。

それを訊いて「犯人です」と名乗るやつがいるとでも思っているのだろうか。

そこで滝島がぱんぱん、と手を叩いた。

「勇崎さんを殺した犯人は、今はまだ分からないでしょう。ですが、これから皆さんのエピソードトークを聞いているうちにヒントが手に入るかもしれません。更に、〈議論タイム〉中に各一回、〈ヒントチャンス〉を得ることもできます。必ず犯人を見つけ出して、仇をとってあげてください」

大げさに悔しげな演技をする滝島に、出演者たちは「そういう設定ね」と言いつついまいちリアクションをとりかねていた。

「いやー、そう言われてもぶっちゃけ、勇崎さん本当に死んでるわけやないし。それも映像ごしにしか見せられてへんし……乗り切れんなぁ」

市原がそう呟くのに、あたしは内心で哄笑した。ここで乗り切れないから、いつまで経ってもひな壇側でしか呼ばれないいんだよ。

あたしはこの虚構の殺人事件を、完璧に乗りこなす。

女優の仕事は、あたし自身の腕で摑む。

幸良 涙花

「いやー、そう言われてもぶっちゃけ、勇崎さん本当に死んでるわけやないし。それも映像ごしにしか見せられてへんし……乗り切れんなぁ」

「まあ実際は本当に死んでるんですけど」

市原さんの発言に、思わず独り言をこぼしてしまう。隣の次郎丸くんが信じられないという視線を私に突き刺しながら、

「ちょっと、不謹慎すぎるでしょ」

「ごめん、どうしても言わずにはいれなかった」

「てか、インカム乗ってないですよね？　たぶん副調整室(サブ)には偉い人たちも詰めてるでしょ、編成局長とかに聞かれたら一発アウトですよ」

「さすがにインカムオンにして言わないって」

「入社十年目にもなってインカム切り忘れたまま昼休憩に入って、そこで演出の文句言いまくってたのが全スタッフに丸聞こえだった人が言うと説得力が違いますね」

「……よく覚えてるね」

「ドジの前科がありすぎるんですよ。ただでさえ副調整室の人たちカンカンなんだし、ミスったらまじでフロアまで降りてきて問い詰めにくると思いますよ」

放送中、制作スタッフは主にいま私や次郎丸くんのいる〈フロア〉と、びっくりするくらい大量のモニターやら色んな機器が並んでいる〈副調整室〉のどちらかにいる。

〝人狼村〟風のセットが組まれたこのフロアスタジオで、ドリーつきやらクレーンやら色んな種類のカメラで出演者たちのゲームの様子を撮影しているわけだが、その映像はすべて副調整室で制御される。ビデオエンジニアや音声技師、照明技師、スイッチャー、タイムキーパーといった専門職のスタッフは副調整室で各々の仕事を果たしている。冷やかしにきたお偉いさんや他番組

のプロデューサーなども副調整室にいることが多い。

というか、本来はプロデューサーの私も副調整室からインカム越しに指示を出すのが普通である。出演者のどの表情を抜くかなど、スイッチャーさんに指示するのは全てのカメラの映像をモニタリングできる副調整室にいる方がやりやすい。だが今回は土壇場になって〝スタジオのフロアでカンペを出すところまで自分でやる〟というスタイルに切り替えた。ＴＢＳの藤井さんやテレ朝の加地さんや元テレ東の佐久間さんに憧れて、という理由を適当にでっち上げた。実際憧れてはいるのであながち嘘でもない。

他の局だとスタジオ内に階段があってそこを上がれば副調整室に行ける、という構造になっているところもあるが、うちの局はいったんスタジオを出て階段かエレベーターで二階分上がらないといけない。プロデューサーの私と副調整室との連絡はインカムを通じてが基本になる。

そんな副調整室で働いてくれているスタッフたちは、最初の台本が固まった段階から、今回の特番に対して不満たらたらだった。

大物ゲストの勇崎恭吾さんが遅刻したかと思ったら、実は勇崎さんは殺されていたのだというＶＴＲが流れ、人狼ゲームと並行して犯人当てを求められる――と、概要を聞かされただけで分かる、オペレーション難度の高さ。生放送でゴシップを話すというシビれる状況の中で、さらにドッキリで推理までさせるなんて、流石に演者側にとってもスタッフ側にとっても負荷が大きすぎる。実際、本番一ヶ月前の打ち合わせの時点でスタッフたちからは無茶だ無謀だやめときましょう、の大合唱を聞かされた。

さらにこの本番直前に「台本が変更になった」とだけ言って〝新台本〟を渡したことで、スタッフたちはちょっと本気で、私が何もかも嫌になって放送をめちゃくちゃにぶち壊す気なんじゃないかと疑っていた。

　もちろん、私はこの特番をぶち壊す気なんてない。きちんと犯人の作った台本通りに進行して、このスタジオみんなの命を守ってみせる。

「さて、ここで議論をしたいのはやまやまですが、いまはまだゴシップエピソードを語っていただく時間です。ひとまず、〈議論タイム〉まではテンポ良く行きましょう。気になることや話し合いたいことがある方は〈議論タイム〉でどうぞ。次のルーレットに行きますが、良いですか?」

　よく通る滝島さんの声に、出演者たちは渋々といった面持ちで頷いた。

「プロデューサーが言うなよ、って感じだけどさ……やっぱりこれ、生放送でやる内容じゃないよね。水ダウの〝名探偵津田〟も、編集で上手く情報整理しながら見せてるから面白いんだし」

「マジでプロデューサーが言うなよ、って発言すぎて引きます。でも、結果的に今のところは成功してるって言えそうですよ」次郎丸くんが手にしたiPadの画面を見せてきた。旧Twitter(X)のトレンドのタブで、一位が〝#ゴシップ人狼２０２４〟、二位が〝殺人ドッキリ〟、三位はおそらくVTuberの３Ｄライブらしきタグで四位は他局の音楽番組、五位に〝#勇崎起きろ〟。上位五位のうち三つがこの特番関連のものだった。

「しかもこれ、〝#ゴシップ人狼２０２４〟は世界トレンドも一位ですよ」

「マジ?　世界一位はさすがに初だよね」

　それだけ多くの視聴者に注目されている事実に、背筋がぞっとなる。

「何だかんだで、まだテレビの影響力って残ってますよね」

「同時性と速報性と、国民に届く広範性」入社時の研修で習った、テレビの媒体特性を示すフレーズを、十数年ぶりに思い出した。「そういう意味では、まだまだ戦えると思うんだよなぁ。若い子だって、テレビの画面じゃないにしても、『水曜日のダウンタウン』とか『月曜から夜ふかし』とか、テレビコンテンツは観てるわけだし」

「どうですかね。コンテンツの制作機能はともかく、媒体としての機能はどんどん死んでいくと思いますけどね」

「なんでそんな悲観的な」

私はなるべく芝居っぽい大げささで泣き真似をしてみせるが、次郎丸くんはしらっとしている。

「TVerが出てきて変わってきてるとはいえ、テレビってそもそも、アーカイブされないフロー型のコンテンツじゃないですか。いまこの瞬間にテレビのスイッチをつけてる、全国のお茶の間の関心を惹きつけて退屈を紛らわすことでCMを見てもらうのが使命でしょ」

「そうだね」

「YouTubeとかNetflixみたいなストック型とは違って、そのコンテンツの質よりも、途中からでも内容が理解できる分かりやすさ、大衆の最大公約数に受け入れられるマイルドさで勝負してきたわけじゃないですか。だって、リアルタイムでCMを観てもらわないと媒体として維持できないから。けど、今はストック型の時代でしょ。好きなときに見れる、シークバーと倍速機能つきの映像じゃないと、観るコンテンツの候補にもならない。TVerはともかく、テレビ放送みたいな消え物のコンテンツは、視聴形態として受け入れられなくなる。こういう事件性がある番組とか、災害みたいな非常時にしか即時性と速報性は意味をなさない。テレビを持たない家庭も増えて、広範性も失われる。いずれ媒体としての価値がなくなって、放送以外の事業で食いつなぐことになると思います」

　次郎丸くんの言葉に、私は頷かずにモニターを睨んだ。そんなことない！　と言いたい自分と、言えない自分がちょうど右脳と左脳の体積と同じくらいの比率で存在している。私が好きで、憧れて、毎日友だちと語っていたテレビの世界は、どんどん消えていっている。うちの局も、放送収入に頼りすぎないようにしろ、放送外収入の比率を上げろという方針を打ち出している。

　だけど――「みんなで同じものを観る」ことがもう取り戻せない前時代の営みなのだとしても、テレビの作り手が一人また一人と諦めていくのだとしても、私はそのいっちゃん最後列に陣取って、いちばん最後に諦めるプロデューサーでありたい。

　それに、次郎丸くんだって、入ってきた頃は。

「そんなこと言って、昔は次郎丸くんも企画書いて私のところに持ってきてくれたりしてたじゃん。夜中の三時にレッドブル飲みながら添削してあげた、ありし日の思い出」

　私の大げさな表現に、次郎丸くんは特に表情を変えず、

「もう、別にどうでもよくなったんで」

　それ以上踏み込ませない、という意志をたっぷり匂わせる、ニュートラルな声音。

　私はその表明に従って、骨のある企画ばっかだったよ、とだけ言って、それ以上追及するのはやめた。こういうときは、代わりに自分の話をするに限る。

「私がテレビ局に入った理由って、話したことあったっけ」

「あったような、なかったような……」

「私がテレビ局に入ったのはね、お母さんが泣いて私をぶったから」

私は小さい頃から、娯楽というものを与えられてこなかった。幸良家の家計簿には、私の遊び道具を計上できるような余白が一切なかった。幼稚園のときのおもちゃは河原でお父さんが拾ってきた変な形の石とお母さんが毛糸で作ってくれたぬいぐるみ二体だけだった。小学生になって友だちがシールやプロフ帳を交換している輪にも入れなかった。シール交換は文字通り交換なのでシール資産を保有していないと参加できないのだ。一度だけポケモンパンについてくるシールで参入を試みたが、他の子がシール帳にラインナップしているラメ入りのシールとのあまりの差に恥ずかしくなって自分から逃げ出した。

大人になって飲みの場などでこの話をするとよく、シールなんてせいぜい数百円なんだからお小遣いで買えばいいのに、と言う人がいるが違う。まずお小遣いという概念がないので必要な物品は父か母に要請して買ってもらわなければならないし、それがだいたい十回に九回くらいの割合で却下されると次第に要請すること自体のハードルが自分の中で上がっていって、「シール交換したいからシールとシール帳買って」と言い出すのは崖から飛び降りるくらい覚悟が必要な行為になってしまうのだ。

父はよく「名前は履歴書の一番最初に書くものだから、名前にふさわしい人間になれ」と言っていた。

「幸せで良いと書いて幸良、これ以上ない苗字をご先祖からいただいたんだから、それにふさわしい人生になるといいな、涙花」

「そんだけ名前を大事にしてるなら、私の名前もけっこうしっかり考えてくれたの？」

「幸せで良い、って苗字だとハードルが高すぎるからな。ちょっとは悲しいこともあった方がいいだろって思って涙って漢字を入れて調整したわけよ」

そんな父は私の中学の入学式の日に蒸発した。父の名前は幸良旅斗（たびと）だった。旅に出たのだろう。五〇年代生まれでこんな七尾旅人みたいな名前をつけた祖父母のセンスには少し憧れる。こういう変わった名前だからこそ、名前にこだわりが強かったのかもしれない。

中学に入って家計は母の決して潤沢とは言えない稼ぎのみとなり、当然ながらさらに貧乏は加速していった。そういうわけで、私の青春時代は有料の物品を必要とする娯楽と一切無縁だったし、漫画やゲームの話をすることなど不可能だった。

だからこそテレビが私のエンターテインメントの全てだった。

父が知り合いから譲り受けたというブラウン管テレビだけが、私を笑わせてくれた。『トリビアの泉』が放映される水曜二十一時と『ゴッドタン』の金曜深夜が毎週楽しみだった。学校でみんなと同じ話題に参加できることがこんなに楽しいんだ、と思った。みんなにとっては漫画やゲームなどと並列のテレビだったかもしれないが、私にとってはテレビが百パーセント、私のエンタメだった。

そんな私が「芸能人になってテレビに出たい」と思うようになったのはごくごく自然な流れだったし、高校の三者面談で自信満々に私がその決意を表明したのも当然のことだったのだが、母はその場で私をぶった。芸能人になりたいという夢が、親を泣かせる程度には無謀なのだということに気づいたのはそのときだった。

そういうわけで、私は演者ではなく作り手になることを決めた。母の涙にビビって、とにかく折衷案を出して面談を収束させようとした先生が「テレビが好きなら、出る方じゃなくて作る方になればいいじゃん」と言ってくれたのだ。

驚いたのは、この業界――特にプロデューサーにそういう流れでテレビ局に入社した人がけっこういることだった。芸人になりたいけどしっかり学業もできてしまうタイプの人が、親に納得してもらえる進路の中で最もやりたいことをやれる職として、テレビ局を受ける。

「親にぶたれて入った業界だからさ、テレビがただのNetflixを映し出すためのモニターと化していく時代の波に、最後まで抗い(あらが)たいと私は思ってるって話」

私の感傷こもった言葉を、次郎丸くんは冷めた目で「何ですかそれ」と一蹴した。

「とにかく、番組としては話題になってるんで、視聴率もそこそこいい数字出るんじゃないですかね。まあ、僕らの問題は何も解決してない――」

そこでルーレットが〝市原野球　B級〟を指して止まった。

「うわ、マジか。勇崎さん死んだ後のトークきっついわ」

そう言いながらも市原さんはどこかわくわくしながら、出すエピソードのフリップを選んでいるように見えた。

犯人台本によれば、ここで市原さんが喋るゴシップは――

「いや、でもこれはちょっとマジで信じてもらえないかもしれないんですけど、俺ちょっと清水さんと被ってて。俺が持ってきたB級ゴシップは――こちら」

市原さんがフリップを手にして、さらりとひっくり返した。

カメラが市原さんのフリップを抜く。そこには『お騒がせ俳優の勇崎恭吾さん、実は週刊誌に握られてる情報が……』と書かれていた。

「え、何すかそれ。もしかして今日って勇崎さんスペシャルだったんすか？」と村崎くん。

「あら、確かに私とかぶってますね」と清水さん。

「いや、そうなんですよ。しかもこの勇崎さんが殺されたって状況でこれ話すとマジなんか変な疑いかけられそうなんで嫌だったんですけど……」

　市原さんはフリップをもてあそびながら、清水さんの方をちらりと見た。清水さんは堅い表情で傾聴の姿勢。

「勇崎さんって、前に一回週刊誌に撮られてたじゃないですか。従業員へのパワハラみたいな内容で。なんか土下座させたとか。ただあの時、なぜか発売日の翌日にオンラインの方の記事が削除されたりして、勇崎オフィスから圧力かかったんじゃないかって噂になってたんですよ、一部の界隈で」

　出演者たちは緊張した表情で、無言で聞いている。なるべくニュートラルなリアクションを心がけているようだった。

「まあ、そこまでは皆さん知ってる話なんで、こっからがゴシップトークなんですけど……勇崎さん、いま現在週刊誌に握られてる情報は、ないらしいです。文春の知り合いから聞きました」

　そこで出演者たちが顔を上げた。特にバンビちゃんは怪訝そうな顔を一瞬浮かべたが、その表情を溶かすように表情を緩めて曖昧な微笑みへと戻していた。

「文春の人とはよく情報交換してるんで、これはガチな情報です。勇崎さんはいま、週刊誌にないにも握られてません」

出演者たちは全員、リアクションを取りかねていた。清水さんは口元に手を当てて考え込むような顔で、バンビちゃんはテレビ用の微笑を維持していた。

「いや、リアクションとりづらい話すぎますって！」

唯一、仁礼さんだけが元気よくつっこんだが、元気のいいつっこみは追従してくれるガヤがないと浮いてしまう。

「はい、ありがとうございました。若干押してるみたいなのでがんがん行きましょう」滝島さんが場を引き取った。「ルーレット、スタート」

ルーレットは心なしかすぐに回転が終わり、〝町田もち子　B級〟で止まった。

「うわー。トリじゃなくて良かったぁ」

口元に溜めた空気だけで発声しているのかと思うほどに線の細いささやき声でもち子ちゃんが言った。この子の音量調整は毎回鬼門だと聞く。音声さん泣かせのウィスパーボイス。

「わたしが持ってきたB級ゴシップは、『吊り橋効果で落とそうとしてきた某番組のディレクター』です」

ようやくいつも通りのゴシップ人狼っぽいエピソードが出てきてほっとしたのか、出演者たちの空気が少し緩んだ気がした。

「なんか、字面だけみたら吊り橋から落とされたみたいじゃね？」

バンビちゃんが囃し立てる。市原さんも頷いて「パンチありそうな話だな」と言った。

「いや、もちろん実際に吊り橋から突き落とされたとかじゃないんですけど、はは。これはわたし自身の体験談なんですけど。三年前くらいかなぁ、まだわたしがテレビにそんなに出れてない頃、バンジージャンプのロケの仕事がもらえたんですよ。茨城まで行って、飛ぶのは男の芸人さん二人と女の芸人さん一人とわたし、みたいな感じで。〝男性アイドルですらがっつり裸になるレベルの罰ゲームやらされてる時代に、こういう身体張る系の企画で挑戦者が芸人ばっかだと全然映えないからとりあえず一人は若い女入れとこ〟みたいな浅い考えでキャスティングされた感じで」

「いや、その前段いる？　めちゃくちゃ根に持ってるやん」

市原さんがすかさずつっこむ。こういう裏事情というか、少しだけスタッフ側の考えを見せて毒を吐くのは最近のもち子ちゃんのよく使う手法だった。そういう変な楽屋落ちみたいなのじゃなくても、もち子ちゃんはテロップにできるコメントをする力のある子だと私は思ってるんだけど。

「こういうアクティビティ系のロケって基本一日がかりじゃないですか。自然とスタッフさんとずーっと一緒に行動することになるんですけど、明らかにディレクターさんの距離が近かったんですよ。誘導するときも無駄に肩のところに手置いたりとか、初対面なのにすぐにもち子ちゃん呼びだったりとか、指摘するほどじゃないけど何か違和感あるな、っていう」

「やば。まだそんな人いるんだ。きもすぎ」

バンビちゃんの合いの手。軽重を問わず、セクハラ系のエピソードは視聴者の感情が不快に振れることが多いので、こういう合いの手でちゃんと〝そいつが非常識で糾弾されるべきだと、この場の見解は一致している〟という姿勢を示してあげる必要がある。バンビちゃんはこういう風に求められているコメントを的確に発してくれるので、生放送だと特に助かる。犯人役のプレッシャーもある中で、よくやってくれている。

「そう、ちょっとキツいなって思ってたんですけど、ただ人気の番組だったし、仕事はできる人っぽかったんで上手く受け流してたんです。ロケ自体は全然楽しくて、でっかい透明の球体に入って水面歩く奴とか、ゆるく楽しめるやつもあって。ただやっぱ最後にバンジー控えてるから、うっすら嫌だなーとはずっと思ってたんですけど。

　で、バンジーの前のアクティビティで、二人一組でやるターザンロープみたいなやつがあったんですよ。ロープに椅子がくくりつけられてて、高いところから低いところにガッて降りるやつ。けっこうスピードも出て怖そうで。これをやるって流れだったんですけど、女芸人の方がそこまでのアクティビティで体調悪くなっちゃって、乗れないってなったんです。もともと男芸人の方二人がやって、わたしと女芸人の方がやるって組み合わせだったんで。しょうがないから一人でやる流れになるのかなって思ってたら、なんか急にそのディレクターが『もう俺が出ようか』って言い出して」

「うわ……」バンビちゃんが適切に悲鳴をあげた。

「確かにそのディレクターさんは割と出役というか、自分が出ることもあるタイプの人で、いきなりスタッフがしゃしゃり出てきた感はなかったんですけど、なんか嫌だなとは思って。ただわたしとしてはテレビに映れる時間が一秒でも増えた方がいいって自分に言い聞かせて、ＯＫしたんです。

　で、二人で椅子に座って、まあまあ物理的に距離近いんですけど、滑り出す直前にそのディレクターが『吊り橋効果って知ってる？』って訊いてくるんです。『クロノスタシスって知ってる?』みたいな言い方で」

　ひぇ、という悲鳴。身体を抱きしめるようにして不快を示すバンビちゃん。

「嫌なポイントを的確に踏み抜いてくるなぁ」村崎くんが笑った。

「わたしが『ああ、吊り橋の上の怖さを恋愛感情と勘違いしちゃうみたいな……』って返したら、『意外と物知りだね』って言われて。この時点でもう三重くらいの苛つきが発生してるんですよ」

「分かるぅ。吊り橋効果くらい知ってるっつーのね」バンビちゃんの同調がトークを滑らかにしていく。

「そう。あと〝物知り〟って絶妙に古くさい語彙にも苛ついて」

「それは別にいいでしょ」

　滝島さんのつっこみに、スタジオが笑いに包まれる。もち子ちゃんは笑いが収まるのを一瞬だけ待って、

「そしたら『今度さ、ご飯いかない? 美味しい町中華知ってるんだけど』って言ってきて、わたしがちょっと何て返せばいいか分かんなくて一瞬無言になっちゃったんですけど、そこでちょうどキューが出て、係の人に背中押されて滑り出したんですよ。

　で、これがけっこうマジで怖くて。わたしそんなにジェットコースターとか得意じゃない方なんでめちゃくちゃ悲鳴上げながら下まで滑りきって。まあ一応いい感じの画は残せたかなって思いながら、カメラに向けてコメントして。

　問題はこっからなんですけど、コメント撮り終わって移動するとき、ディレクターが近づいてきて『ドキドキしたでしょ。どう? ご飯、行けそ?』って訊いてきて」

「行けそ？　って訊き方が腹立つわぁ」市原の所感。

「そう。わたしもマジで嫌だったんですけど、まだその後もロケ続くんで、さすがに無下にはできないなって思って『はは……』みたいな感じで曖昧に頷いたんです。

そしたらディレクター、それを完全ＯＫって返事だと解釈したみたいで。『これが吊り橋効果、実感できた？』って」

それまでの悲鳴が助走だったというかのように、全員が声をそろえて「うわー」とか「いやー」という声を上げた。スタジオに一体感が生まれる。

「これ本当だったらマジで実名出して処分させた方がいいですよ」清水さんの心底不快に思っていそうな言い方。

「未だにそういうテレビマンいるんだ」バンビちゃんの嘆き。

盛り上がる出演者たちを眺めながら、次郎丸くんがぼそりと、

「こんな楽しそうにゴシップトークしてる横で死体が転がってるなんて、誰も思ってないんだろうな」

「ちょっと、急にぶっこんでこないでよ」

「いや、ちょっといま冷静になっちゃったんですけど……実際やばくないですか？　僕ら二人しか、あの死体のこと知らないんですよ。一歩間違えたら、天井の照明が全部まるごと落ちてきて出演者が潰されちゃうかもしれないんですよ。この後あの、シ、シーンも控えてるわけだし……危ない橋渡りすぎじゃないですか」

「冷静になっちゃだめだよ。とにかく、やるって決めたんだからそれに専念しないと。私たちが

放送止めたら、爆弾爆発しちゃうんでしょ」

「怖くないんですか」

「ずっと手が震えっぱなしだよ」

私はペットボトルを持つ手を見せた。お茶の水面が細かく揺れている。そのまま口に運んで一口飲んだ。

「幸良さん、放送終わった後に僕のこと好きになったりしないでくださいよ」

ぶふぉっとお茶を噴き出しかける。

「どしたの急に」

「いやだって、脅されて死体隠しながら番組回すのって、ある意味最高に怖い吊り橋ですよね。実際いま相当ドキドキしてるし。これで恋に落ちなかったら吊り橋効果の存在全否定するようなもんしょ」

「ありえないから。私そんなベタな心理効果に陥らないし」

ありえない、と断言できる。確かに、頭上の爆弾で脅されながら死体とともに全国ネットの生放送を仕切るのは、えげつない高さの吊り橋だ。それをお互い独り身の統括プロデューサーとチーフADの二人だけでやり切るなんて、恋に落ちない方が逆に不自然だ。

でも、ありえない。

だってそんな吊り橋効果とか関係なく、私はもうすでに落ちてるから。

「そこまで否定しなくても。別に、ふと思っただけですよ」

次郎丸くんが笑う。私の気持ちなんて欠片(かけら)ほども読み取らずに。

私と次郎丸くんは、深夜のバラエティで一緒になったことで出会った。私がディレクターで、次郎丸くんが制作会社に入りたてほやほやのAD。普通、そんなに局員ディレクターと制作会社ADががっつり喋る機会はないんだけど、その番組はとにかくロケに行きまくるスタイルで、ちょうど私と組んでたADの女の子が飛んだタイミングだったので次郎丸くんが後任となり、よく一緒にロケに行った。長時間のロケ中は自然と会話の量が増えて、次第に飲みに行くようになった。

最初の飲みの席で次郎丸くんは私に、テレビの制作に関するあらゆる情報を教えてほしいと言って頭を下げた。三十になる前にプロデューサーになりたい、と。

その一言で、私は七歳も年下の男の子に一発で心を持っていかれてしまった。たくらみの光を宿したその目が、私と同じくらいテレビに希望を持っているその顔が、頼もしかった。

とはいえ現実はしっかりと教えてあげないといけない。制作会社の所属では、ADからDになるのすら一苦労だ。Pなんてさらに高いハードルを越えないといけない。

「早くプロデューサーになりたいなら、局員にならないと。就活、テレビ局は受けなかったの?」

「一応受けて、キー局と準キー局の内定もいくつかもらったんですけど、局員って異動あるじゃないですか。制作会社ならとりあえずテレビ制作には関われる。やりたいことやれる確率は、制作会社に入った方が高いと思いました」

「ちょっと待って、惚れそう」冗談めかして言ったが、ずっと胸の高鳴りが止まなかったのを覚えている。

次郎丸くんは決して、私と二人っきりで飲みに行くことはなかった。必ず他のスタッフを交えて、三人以上。しばらく一緒に仕事しているうちに、次郎丸くんはADの仕事を段取りよくこなし、私のドジをいじるくらいの関係性になり、そして私は彼が心を寄せている相手がいることを察した。私ではない相手が。

それでもいいと思った。次郎丸くんと一緒に、番組を作れるなら。こんなに熱い若手がテレビと向き合ってくれるなら。それ以上を望むのは、さすがに欲張りすぎだ。そう言い聞かせた。

でも——今はもう、次郎丸くんの目にたくらみの光はない。

ただただ、チーフADの職掌(しょくしょう)を超えない範囲で働くだけ。企画書を見せてきたり、この局の派閥やらパワーバランスやらを事細かに訊いてきた頃の次郎丸くんはいなくなってしまった。

悲しいし寂しいけど、それでも、私の恋情は消えていない。消えていないのだ。

——なんて、そんな懐古じみた思考はおくびにも出さずに、私はモニターを睨みながら、

「吊り橋効果のこと気にしてる暇あったら、この後のくだりのこと考えて。次、一ターン目ラストのトーク終わったら次郎丸くんスタンバイしないと」

ちょうどそこで、ルーレットが〝仁礼左馬　C級〟を指して止まった。

「えっ、マジ？　おれ？」過剰におどける仁礼さん。

「いや、もう残りお前しかおらんやろ」義務のようにつっこむ市原さん。

その様を横目に見ながら、私はインカムを手に取り、《勇崎さん、スタンバイOKです》とスタッフたちへと告げた。吊り橋の縄を自ら切るような気持ち。

仁礼 左馬

「えっ、マジ？　おれ？」

順番的にはおれ一択の場面で驚いてみせるというボケ。誰かが拾ってくれる、最悪滝島さんがなんとかしてくれると自分に言い聞かせながら放った。久しぶりの生放送でボケる瞬間はやはり、体中の節々から汗がわっとにじむ感じがした。もし誰にも受け取られず宙に浮いてしまったらどうしよう。もし誰かがつっこんでくれたとして、その人もろとも滑ったらどうしよう。

そんなおれの緊張を知ってか知らずか、市原さんが間をおかずにつっこんでくれる。

「いや、もう残りお前しかおらんやろ」

「そうでした」

他の出演者は特に反応もなく、ただただおれが話し始めるのを待っている、という感じだった。ウケるスベるの前にそもそもボケたということを認識されていないかのようで、この程度のベタな弾(たま)では何の笑いも生み出せないのだと説教されているかのような錯覚に陥った。

「C級かぁ。じゃあ話しますけど、これは――」

「仁礼さん、フリップ出さないと」

バンビちゃんがおれの語り出しを遮って言った。トークに集中していたおれは予想外の指摘に頭が真っ白になってしまったが、なぜか出演者たちはみな笑っていた。おれの一発目のボケは流されたのに。

おれはかろうじてフリップを出したが、間違って別のエピソードのフリップを出しかけてしまい、慌てて戻した。

「落ち着いてくださいよ」「芸歴何年目なんすか」

もち子ちゃんと村崎くんという、自分より十歳近く若い子たちの野次が、そのまま自分の芸能界への不適合を示しているようだった。着実にいま、番組は盛り上がっている――ただのラッキーパンチで。おれはこの生放送が始まってから一度も、自分の意図したパンチで笑いを起こせていない。

身体が熱くなる。

「いやまじでごめんなさい。ちょっといま大学入試のときくらい緊張してるんで」

おれはとりあえず正しいフリップを出した。トーク前に関係ないくだりでひと山できてしまうと、トーク内容がよほど強くない限り盛り上がりは減衰してしまう。

ちらりとフロア奥を見るが、特にカンペなどは出ていなかった。心なしか、フロアの奥にいる幸良Pも、何やら集まってきたスタッフの人たちと話し込んでいて、おれのトークに耳を傾けている感じではなかった。もちろん生放送だし収録とは違って色々と次の段取りを打ち合わせておく必要などはあるんだろうけど、いまから自分のトークという場面でこの番組の責任者の目がこっちを向いてないのはこたえる。それでもやるしかないんだけど。

「自分の持ってきたC級ゴシップはこちらです！」

『リスキーダイスの哀川さん、大喜利でスベりすぎて……』

フリップを出すが、特に目立った反応はない。その間に耐えられず、焦って喋り出す。

「リスキーダイスは皆さんご存じですよね。去年のM－1準優勝のコンビなんですけど。そのツッコミの哀川さんって今時珍しい尖りまくってる芸人で、舞台袖で他のコンビの漫才とかコント見てても基本的に全く笑わないんですよ。で、いまでこそM－1効果もあってそこそこ稼ぎもありますけど、二年前くらいまでは劇場の出番以外に芸人の収入ないくせに、後輩十人くらい飲みに連れて行っておごったりとか。すごい昔の芸人の感じでやってる人なんですよ」

ここは導入パート、いわゆるフリの部分なので、別にウケは必要ない。ここからだ。

人狼だったら制作スタッフに嘘ゴシップエピソードを作ってもらえるが、おれは村人なので自分でエピソードを用意している。もちろん事前アンケートにエピソードを書き、ディレクターと話してどのエピソードにするか決めている。だが、フリップ出し忘れでひとくだりできてしまった状況を考えると、より強いエピソードで行く方がいい。たまたま、つい最近のライブで、今回アンケートに書いてたものより強い哀川さんの大喜利スベリエピソードを仕入れている。おれは土壇場で、トークの内容を変えることにした。

漫才でも何でも、アドリブがハマるのが一番芸人としてかっこいい。

「で、そんな哀川さんなんですけどこの間、ほんと先週くらいですかね。劇場で出番が一緒になって。八組くらいの芸人が漫才やったあと、最後に何組かが残って大喜利のコーナーやるっていう流れのライブやったんですけど、『こんな火星人は嫌だ』ってお題に一番最初に手上げて、『水星人とテレフォンセックスしてる』みたいなガチ下ネタ回答出してきて。本人的にはウケると思って出したみたいなんですけど、もう、スベるって言葉を使うのももったいないくらい会場が静まりかえって」

ここでひと笑いほしかったところなのだが、出演者達は誰も笑っていなかった。まずい、という三文字が脳を埋め尽くしていく。あれ、この話って何が面白いんだっけ？　楽屋で後輩に話したときはここめっちゃウケてたんだけど。次第に、どこを見ながら喋ればいいのか分からなくなってきて、出演者と出演者の間の誰もいない空間を見ながら、台本を読むように続きを話す。

「普通の芸人だったらもう心折れてしまうところなんですけど、哀川さんはそっから同じような下ネタの回答出し続けて。普段そういうタイプじゃないっていうか、センス系の回答もできるしちゃんとそれでウケも取れる人なんですけど、多分ムキになっちゃって。全部スベって。んで、その日の出演者で打ち上げ行ったんですけど、いつもなら何も言わずに奢ってくれる哀川さんがその日だけは『割り勘で』って言ったんですよ」

ここが落ちだったのだが、それこそあの日の哀川さんの回答後くらいの静寂が場に降りていた。トークが終わったのだ、という感じがまったくしないので、「続きは？」と急かされ続けているような焦りに支配されてしまう。おれはこのスタジオの大気中に広がっている〝スベり〟という名の空白を埋めるようになんとか言葉をつないだ。

「あと、二年くらい前かな、Ｍ－１の二回戦で、リスキーダイスの出番前にアマチュアの高校生コンビがおって、その子らがネタ飛ばしてたんですよ。それ見た哀川さんが、『ここはお前らみたいなガキが来るとこじゃない』みたいなこと言って。高校生相手にですよ？　尖る相手選べよって感じですよね」

特に練ってもいないエピソードを追加で話すが、一向に空白は埋まらない。何とかひと笑いだけでもほしい、脳内の引き出しを探りまくる。

「あと――」

「いやもうええって！」

おれの言葉に上書きするように、市原さんが勢いよく遮る。

「弱い上に長いねん！」

それまで呼吸を止めていた共演者たちが一斉に息を吐いたかのように、場にささやかな笑いが生まれた。面白くてというより、安堵したことによる笑い。このスベりの空気を中和させるための、義務の笑い。

「マジありえないって。二十一時台っすよ」

バンビちゃんがポップながら心底軽蔑したような声で市原さんに続くと、他の出演者たちも次々に文句を言った。〝文句を言う〟という行動を取るということで場が合意しているかのようだった。かつて、何度か味わったことのある感覚――収録番組ならおれのトークパートごと丸ごとカットされるタイプのやらかし。

だが、これは生放送である。そこでようやく、おれはウケるスベる以前に生放送としての禁忌を犯してしまったことに思い至った。テレフォンセックスが放送禁止用語かどうかは知らないが、基本的にゴールデン帯では使われない語彙だろう。そこは明確におれの過失だった。そりゃ、その後の挽回なんかまともに聞かれるわけがない。

だが、自分のミスを認めて謝る選択肢はなかった。その方向性で上手くバラエティ的に着地させる実力はおれにはない。間違いなく変に白けた空気にさせてしまう。

何かしらこのくだりに落ちをつけてこの重い空気を払拭するには、逆にもっとケンカするしかない。そう判断した。

「いや、だって本当に哀川さんそう言ったし」

「哀川が本当に言ってたかどうかは関係ないんよ」市原さんの鋭いツッコミ。「てか、哀川も可哀相やわ。こんな感じで本人おらんところでスベらされて」

市原さんはどうやらいったんおれを徹底的に叩いてこのくだりを終わらせるつもりらしい。番組的にはそれが正しいと思う。だが、おれはまだ足りないと踏んだ。もっともっとおれが焚きつけてヒートアップさせたところで大きくツッコミを入れてもらってバブルを弾けさせる、そこまでやらないと番組的にも進んでいかないし、何より——おれが爪痕を残せない。

いちばん駄目なのは中途半端——そう言い聞かせておれは口火を切った。

「なんでテレフォンセックスって言ったらいけないんですか。テレフォンセックスって別に誰も傷つけないワードですよ、テレフォンセックスに殺された人がいるわけでもあるまいし別にいいでしょ！　知らないけどたぶんゴールデンで『セックス・アンド・ザ・シティ』とか『セックス・ピストルズ』の話とかされたことありますって、だからセックスがＮＧワードってわけでもないでしょ。ならテレフォンセックスだって——」

頭が揺れた。

一瞬何が起きたのか分からなかったが、目の前で身を乗り出している滝島さんの姿と、側頭部ににじんわり広がる痛みが、今の状況を教えてくれていた。

「ええ加減にせえ！　いらん単語、連呼すな」

大きい声で怒鳴ってるけど明らかにバラエティ的なデフォルメされた怒り方。滝島さんが、それまでの紳士的な口調を崩してごりごりの関西弁でどつく、これ以上ないほど強いツッコミ。笑いとは緊張状態に投じられた〝驚き〟から生まれる——その公式通りに、大爆笑が生まれた。叩かれた痛みは反射的に怒りの火を全身に灯すがすぐに理性の大水で鎮火する。いまおれは救われたのだ——滝島さんの、司会としてのこれまでのフォーマルな立ち振る舞いをフリとした大技によって。ＭＣの仕事。

「変なことすればウケるのは小学生までやからな」

マイクに拾われるか拾われないかくらいの声量で滝島さんがそう言った。爆笑の渦の中心をすっと抜けておれの心臓を貫いた。

「さあ！」

一瞬で司会者モードに切り替わる滝島さんのトーン。出演者たちが苦笑する。

「ということで色々と予期せぬ波乱だらけの一ターン目でしたが、気を取り直して。ここから〈議論タイム〉です。〈議論タイム〉終了後、追放する方を二名投票する〈投票タイム〉となりますので、ここでしっかり議論して、裏切り者と殺人犯が誰なのかを推理してください——と、その前にいったんＣＭです！」

大事故レベルのスベりとミスを帳消しにできた安堵が来るより先に、自分の不甲斐なさを一撃で掘り当てられたようなダメージを食らっていた。ＣＭに入ったと同時に、おれは「一瞬トイレ」とだけ言い放ってスタジオを飛び出した。

甲斐朝奈

《ということで色々と予期せぬ波乱だらけの一ターン目でしたが、気を取り直して。ここから〈議論タイム〉です。〈議論タイム〉終了後、追放する方を二名投票する〈投票タイム〉となりますので、ここでしっかり議論して、裏切り者と殺人犯が誰なのかを推理してください――と、その前にいったんCMです！》

MCきっかけでCMに入る。その一瞬前に、席を立つ仁礼さんの姿が映った。生放送だと軽い事故みたいなシーンはよくあるが、こういうのは珍しい気がする。

CMが流れ始める。車、脱毛、結婚式場――ぼんやりと眺めながら、わたしはCM前のひと悶着あったくだりを思い返していた。

「これ、ありなんですか？　その……時代的にも」

最後に仁礼さんがめちゃくちゃ強めに叩かれていて、まあだいぶ昔はこういうのもよくあったと思うけど……と思いつつ、ちょっとびっくりしてしまった。

「まあ、こんだけやらかした後だともうこうするしか収拾つけられないから。放送禁止用語――ではないけど、さすがにテレフォンセックスはひやっとするよね。かといってガチで説教するわけにもいかないだろうし、何とか笑いにしつつ視聴者が抱いた不快感とか〝これ大丈夫なの？〟って違和感を解消するためには、一発派手につっこんでそのくだりが終わったってことにしないといけなかったんだよ」

「確かに、テレフォンセックスって言い出したときはちょっとびっくりしましたね」

「放送禁止用語って別に法律で決まってるわけじゃなくて、あくまで局側の自主基準だから。別にそこまで悪いことでもないんだけどね。〝キチガイ〟とか流してる番組もあったし」

「確かに、そういえばそんな感じだった気がする」

「あとスポンサーの問題ももちろんあるけどね。ブランディングのためにお金出してる番組で、テレフォンセックスって言ってほしいかというと、ね」

「なるほど、そうですよね。そもそもテレビって広告収入で成り立ってるわけですもんね」

「そう。ラジオと違ってテレビは最初から広告収入のために立ち上げられた媒体だから」

何となくわたしも小羽石さんも、まさに目の前で流れているCMに目をやった。スーツを着た男性が転職サービスの名前を口にする。スマートフォンの最新機種に搭載された機能が紹介される。これで何かを買う気にはなりそうにないけど、頭のどこかにはサービス名や商品名が刻まれたのかもしれない。

やがてCMが終わり、MCのワンショットから番組が再開する。

《さ、議論タイムスタート――といきたいところですが、なんと先程最後にトークしていた語り手の仁礼くんがトイレから戻ってきておりません。ちょっとぶっちゃけ、わたくしも焦っております――》

4章　良い子は決して真似しないでください。

幸良涙花

「さ、議論タイムスタート――といきたいところですが、なんと先程最後にトークしていた語り手の仁礼くんがトイレから戻ってきておりません。ちょっとぶっちゃけ、わたくしも焦っております。ちょっとさっき強く叩きすぎて、衝撃で腸の運動が促進されたのかもしれないです」

滝島さんのフォローコメントはややウケ。

仁礼さんは大喜利テレフォンセックス回答トークをしてスタジオをすごい空気にして滝島さんに叩かれた直後、真っ青な顔でスタジオを飛び出していった。トイレということらしかったが、三分間のCM時間を終えた今もまだ戻ってきていない。

嫌な予感。私と次郎丸くんの顔は、演者に見られたらマズいくらいに強張(こわば)っているだろう。

「ちょっと次郎丸くん、まさかとは思うけど……」

「いや、流石にそれはないでしょ。シンプルにトイレが長引いてるか、落ち込んでるんだと思いますけど……ちなみに、生放送中にトイレに行った事例はあるんですか？」

「収録だけど『アメトーーク！』でダイアンの津田さんがユースケさんに耳打ちしてウンコしたい、ヤバイ……って言ったくだりとかかわいくて有名だよね。あの番組、三時間ぶっ通しとかで撮るらしいし。生放送でも『スッキリ!!』で鈴木奈々さんが退席したり、『ヒルナンデス！』でリモート出演中の河北麻友子さんがトイレで席外してたり……」

「すみません、やっぱりもういいです」

「自分で訊いてきたくせに」

「一応、トイレの様子見てきてもらいますね」

　次郎丸くんは近くにいたＡＤの男の子を呼んで、トイレに仁礼さんの様子を見に行くように指示した。最悪の場合は個室の扉をよじ登ってでも状況を確認するように、という注文つきで。

「とりあえず、仁礼くんは不在ですが、議論タイムに入っていきましょう」滝島さんの進行。

　出演者たちにはすでにＣＭ中に、仁礼さん不在でもそのまま進めてほしい旨を伝えてある。改めてモニターに向き直ると、出演者たちは仁礼さんの不在に困惑するというよりはむしろやりやすそうに議論を始めていた。

「とにかく、まずは人狼の話の前に勇崎さんの話をしないと。要は、ミステリーのドラマみたいな感じでやっていけばいいんですよね？」

　村崎くんの問いかけ。出演者たちがなんとなく首肯する。

「この中に犯人がいるってことだと思うんですけど——ただ犯人を当てずっぽうに答えてもだめ

なんでしょ？　証拠がないと」もち子ちゃんのルール確認。

「当てずっぽうなら六分の一で当たるけど、それじゃ面白くないよな。いや、複数犯って可能性もあるのか。俺以外の全員が共犯でした、ってオチだけはやめてくれよ、クリスティじゃあるまいし」市原さんの軽口。

「あのＶＴＲ、いきなりすぎてしっかり細かくは見れませんでしたけど……何か手がかりがあるってことですよね」清水さんが論点をＶＴＲへと絞る。

「最初ディレクターのインタビューがあって、そのあと来客があるからって中断して、戻ってきたら刺されてたわけでしょ？　じゃあその来客が犯人ってことじゃない？」バンビちゃんが推理の焦点を絞る——自分が犯人役なのに、それを感じさせない自然さで。

議論がぽんぽんと理想通りに進んでいく。ありがたい限りだが、あまりスムーズに進みすぎても困る。ここで〈ヒントチャンス〉を使ってもらうのが既定路線なので、ほどよく困ってヒントを求める流れになってほしい。

つくづく、生放送に向いていない構成だ——今更言っても始まらないけど。

「最初、テレビが映り込んでるから画角変えるみたいな話してたじゃないですか。あの時映りこんでた番組が分かれば、インタビューの時間がわかるんじゃないですか？」村崎くんの気づき。

「あれ、確か情報番組やってましたよね。最後の占いのコーナー。あれ、毎回終わりの方でやってるコーナーじゃないですか？」もち子の証言——正解。

「ってことは、十三時ちょい前くらいにディレクターがインタビューして、一回追い出されて、その一時間後に死体発見だから——殺されたのは十三時から十四時の間ってことか」市原さんの推論——正解。

「じゃあ、一人ずつアリバイ言っていきます？　でも、仁礼さんいないし……」

「〈ヒントチャンス〉使う流れにしてもらおう」

私はフロアDにインカムで指示した。何となくグダりそうな予感がしたのでその防止と、〈ヒントチャンス〉をねじ込むため。一石二鳥である。

「じゃ、スタンバイ行ってきます」

次郎丸くんがスタジオ端の簡易楽屋から、セッティングの完了した〝棺〟を台車に乗せて押しながら出てくる。

「ごめん、よろしく」そう言うしかできなかった。

「僕、たぶん今まで一回も映り込んだことないんで、これが初めてのテレビ出演です」

次郎丸くんはそう言って、セット裏に移動していった。

すでに副調整室にもフロアのスタッフにも「スタジオに作っておいた待機用の簡易楽屋で、スマホの電池が切れた状態でずっと寝てた」という嘘ストーリーをでっちあげて伝えてある。怪しまれるかと思ったが、とにかく間に合った安堵の方が大きかったようで、みんなすんなり納得してくれた。

「あたし頭悪いんで分かんないんですけど、これ、早めにヒントもらってから議論した方が効率的じゃないっすか？」

カンペを読んだのだろう、バンビちゃんが上手く会話の隙間を縫ってそう提案した。

「確かに」「どうせもらえるなら早めにもらった方がいいな」

場の空気が〝ヒントをもらう〟という方向にまとまっていく。生放送だとこういう判断が必要な場面でグダグダしがちなので、ここがスムーズに行ってくれるのは気持ちがいい。

「どうされますか？　一回目の〈ヒントチャンス〉、使いますか？」

滝島さんの問いかけに全員が頷き、声を揃える。「使います」

ＳＥとともにモニターに〝ヒントチャンス！〟というロゴが映し出され、三枚のカードの絵柄が現れる。カードには右から順にドクロ、太陽、三角形のマークが入っている。

「画面に表示された三枚のカードから一つをお選び下さい」

「バンビちゃん選んでよ」「いいヒント頼むわ」

「うーん、じゃあ真ん中、太陽で！」

バンビちゃんの宣言とともに、太陽マークのカードが光り出してオープンされ――ない。ぱきんというＳＥとともに、弾かれたようにカードがグレーになる。

「こちらのヒントはまだ開示できません」滝島さんのアナウンス。「ある条件を満たすと開くことができるようになります」

「えー、そんなの最初から言っといてよ」当然の不平を述べるバンビちゃん。だが流石にバラエティ慣れしているので引っ張ることなく、さらりと次に進む。

「じゃあ……ドクロで！」

ドクロのカードが画面いっぱいに拡大して裏返り、「死体検証」というおどろおどろしい文字が露わになった。

「引き当てたのは〝死体検証〟、ということで――ちょうど、勇崎さんのご遺体が来ているようです!」

「ちょうどご遺体が来てるって、ちょっと聞いたことない表現」バンビちゃんの苦笑。ぜんぜん笑いごとじゃないんだけど、もちろん彼女はそんなこと知るよしもない。

鼓動が速まる。全国何千万人の目の前にあるテレビに今から――本物の死体を映す。

「それでは、検証に入りましょう――勇崎さんの、入場です」

最初の出演者入場のときと同じように、スモークが勢いよく噴出する。真っ白な煙を引き裂いて、台車を押しながら次郎丸くんが入場する。もう引き返せない。

台車の上には、桐の箱――勇崎さんの死体を収めた〝棺〟が、斜めに立てかけられて鎮座している。

このヒントチャンスで死体を登場させるのは、元の台本にもあった流れだ。もちろん本当に死んだ勇崎さんではなく、あくまで死体メイクを施した死体役として。勇崎さんは売れない時代に真冬のスキー場で全裸で発見されるような死体役をやったこともある。死体の演技は得意なはずだった。

だがいまセットに入場したのは、演技の必要すらない正真正銘、生命力のすべてを消失して冷たくなりきった死体である。死体がオンエアに乗ってしまった事例は国内でもいくつかあるが、さすがにこんな風にバラエティの中で出した例は知らない。とんでもない綱渡り――あるいは綱があると思い込んで飛ぶバンジージャンプ。

次郎丸くんはちょうど出演者全員から見えつつ固定カメラ(フィックス)の画角に収めやすい位置で止まった。

「棺をお開けください」

厳かっぽい声で滝島さんがそう言うと、次郎丸くんがゆっくりと棺のフタをスライドさせた（見せやすいようにスライド式のフタにしてある。美術スタッフの力作）。

箱の中に収まった勇崎さんの死体は、端的に言ってコミカルだった。右手の人差し指が口の中に突っ込まれていて、左手の拳が握られた状態で額に置かれている、不思議な姿勢。さっきのVTRと同じ衣装で、閉じた目と腹に突き刺さったナイフが死を表現している。

「なお、みなさん席は立たずにその場から観察をお願いします」

滝島によるルール明示。村崎くんが「そうですよね、近づかれると色々不都合ですもんね」としたり顔で言う。死体メイクの粗がバレるのを防ぐためのルールだと理解したのだろうが残念不正解。元々は、もし勇崎さんがあからさまに呼吸をしたり手足を動かしたり笑っちゃったりしたとしても、それはそれでオイシい展開になるという読みだった。そこにツッコミを入れる〈語り手〉たちと、真面目に進行する滝島さんのズレという構図でひと笑い作れる想定。

席を立ってはいけないという制約は、先程CM中に滝島さんにメモを渡して指示した、即席のルールだった。死体の体勢を整えたりする小細工は次郎丸くんがやってくれたが、とはいえ近づいたり触れられたりしたら、勘のいい人には気づかれるレベルで死体然としている。役作りで冷凍庫に入ってきたのかってくらいには身体冷たいし。

「うわー、ぶっさり刺されちゃってるな」あまり聞いたことのない副詞で死体の様子を表現する村崎くん。

「色、白すぎ」シンプル感想をぽつりと呟くもち子ちゃん。「なんか手の位置おかしくないですか？　額と口に手置いて死ぬって、どんな状況？」

「確かに。こんな脇見せながら死ぬ人おらんな」市原さんの同意。

「これ、ナイフは下から突き上げてる感じっぽいですね。柄が足の方向いてますし」清水さんの真っ当な見立て。

「死後硬直とかはよく分からんけど……なんか、こうしてみると、本当に死んでるみたいやな」市原さんの所感。今にもセット内に割って入って「本当に死んでまーす」と言いたい衝動に駆られるが押し殺す。

一通り全員が一言めのコメントを言い終えて、自然と全員の注目がバンビちゃんに行った。そこでカメラもバンビちゃんのバストアップを抜き——

「すみません、何か死体がリアルすぎて、変なスイッチ入っちゃったみたい。あはは」

薄く笑うバンビちゃんの頬をうっすら涙が伝っていた。異様な光景。

ドラマの撮影中というシチュエーションで役に入った状態ならともかく、バラエティのノリであーだこーだ議論していた数分後に涙を流すのは、彼女の演技への本気度を見せつけられているようだった。いつかの『TV Bros.』のインタビュー記事で今後の展望を訊かれた際に、「バラエティ以外の領域にも手を出したい。演技とか」と答えていたのを覚えている。きっとここで自分の引き出しを見せて仕事を獲ろうと、気合いを入れているのだろう。業界視聴率高いし。

出演者たちはぽかんとなりつつも、「どういうことだよ」と笑いながらつっこんでいる。バンビちゃんも涙を引っ込め、バラエティのときの京極バンビの顔に戻して「ギャルとウミガメって自分の意志とか感情と関係なく涙が出るときがあるんですよ」と謎のコメントで応戦していた。

「幸良さんすみません。あの……テレフォンセックスで迷惑かけてますかね」

飛び上がりそうになった。気配なしで声だけが背後から飛んできて思わず振り返ると、仁礼さんだった。口元が少し汚れていてゲロくさいが、とりあえず勇崎さんと違って生きてる状態でいてくれてることへの安堵が勝った。トイレから戻ってきてないと聞いたときはもしや第二の殺人が起きたのかと肝が冷えた。スベると吐く芸人さんいるよね、昔喫煙所で号泣してる芸人さんもいたよ。

「おれ、干されたりします？　放送止まったりとか」

「ないないないない」いまテレフォンセックス発言なんてもう誰も気にしないくらいのことやってるから。

「なら良かったっす。ここまでおれ、キャスティングしてもらった方の期待に応えられてないっすよね。制作側の意図、読めてないですかね」

「いや、そんなことないですよ！　仁礼さんは大事な〈語り手〉なんだから、早く戻って」

「おれ、どうしたらいいですか？」

本当に切羽詰まったような声。よほどさっきのくだりがこたえたらしい。それでもここで爪痕を残したいという気概だけは、痛いほどに伝わってくる。

私はその問いに、まっすぐ答えた。

「本気で推理して、本気で誰が嘘ついてるのか考えてほしいかな。それが、制作サイドとしての今日の仁礼さんへの期待です」

それだけだとちょっといまいちかな、と思い、のびのびやってもらいたいという激励をこめて、

「あんまり失敗怖がんないで、かき回しちゃってください。最悪滝島さんがなんとかしてくれる

んで」

つとめて明るく爽やかにそう告げると、仁礼さんは一礼して「推理……かき回す……」と呟きながら、下手側からセットへと戻っていった。

「お、仁礼戻ってきた」市原さんが気づく。

「あー、良かったぁ。仁礼くん、いくら失敗したからって——」

滝島さんがフォローコメントを入れつつ仁礼さんを迎え入れようと笑いかけたそのとき。

「あ、勇崎さんの死体がある」

仁礼さんは自分の席ではなく勇崎さん（の死体）が横たわる棺の方へと、誰が止める暇もないほど迷いなく歩み寄った。

仁礼 左馬

「あ、勇崎さんの死体がある」

トイレでひとしきり胃の中身を吐いてから、自分でも不思議なくらい身体が軽かった。トイレでエゴサーチをしたら、旧Twitterのトレンド一位がこの番組であることと、唐突な殺人事件ドッキリが（いきなりすぎるとか純粋にゴシップトークが見たいとかの声も多少あったものの）わりと受け入れられていること、そしてさっきのおれのトークパートがめちゃくちゃに叩かれていることが分かった。

画面のスクショを無断転載して——〝パンパカパンマンのネタ好きだったのに〟〝トークの内

容もその後のフォローも、とにかく平場の全てが空回っていて一発屋が一発屋たる所以を証明しているようで悲しみを覚えた〟〝頭悪そう〟〝リスキーダイス巻き込み事故すぎて好き〟。おれのトークの動画を無断転載して——〝下ネタ言えばいいって思ってる芸人って、令和になってもまだいるんだ〟

最初は、一つ一つに反論して回りたい、という衝動にかられた。自分という人間が最悪の方向で理解され宣伝されていくことへの無力感。「お笑い芸人」という大きいくくりで語られることで自分の仲間たちまで批判させてしまっている不甲斐なさ——でも、それらのどの感情よりも、自分の動画が見られているという実感がおれを満たした。

かつて、パンパカパンマンで世に出ていた頃の感覚。テレビに出る度にあった反響。知人や友人からの連絡、業界関係者からの感想、道端でかけられる声。それらを失って七年近く。劇場に出たり、ネットの番組に出たりしても、反響は皆無といってもよかった。エゴサをかけるたびに、数日前とまったく変わらない検索結果の画面をつきつけられた。無にむけてもがいているようで、おれを見つけてくれよと叫びたくなった。

トイレの個室で大量の視聴者の感想に触れているうちに、「爪痕を残さないと」という強迫観念が消えて、好きにやってやろうという気概が湧いた。幸良さんだってさっき、かき回すことを期待してると言っていた。

おれは死体役の勇崎さんに歩み寄った。遅咲きで気難しいベテラン俳優。バラエティで見ることはほとんどないし、怖い一面もあるらしい。

まだ、テレビで勇崎さんとがっつり絡んだ芸人はいない。

意識がぼんやりして焦点を結ばない。

ただ、何かしなくちゃ、という焦りだけが血液のように身体をめぐっている。

「これ、ほんとに死んでるんですか？」

「仁礼くん、席についていてください」滝島さんに柔らかく注意される。

「ほんとに死んでるんだったら、もしキスしても起きないですよね」

棺の中に眠る勇崎さん。腹から出てる分かりやすい血糊。人差し指を口に突っ込んでいる。

おれは勇崎さんに覆いかぶさるように前かがみになって、その真っ白な唇を狙った。口にくわえられた人差し指を避けるように、反対側から。

スローモーションみたいだった。勇崎さんの肩を抱いて〝こんな感じだったっけ？〟ともう何年もまともにした記憶のない口づけの手順を思い出しながら勇崎さんの顔に接近しもう残り顔面一個分の距離、というところまで肉薄したところで左の死角から強い力で突き飛ばされた。

おれは反射的に衝撃に身を任せて下手側に仰々しく倒れ込み、そのまま勢いをつけて後転して立ち上がった。

「何するんですか！」

誰に突き飛ばされたのかも分からず、反射的に曖昧な方向に向けてそう言うと、勇崎さんを運んできたと思しきＡＤの男の子が肩で息をしながら突っ立っていた。誰に吹っ飛ばされたのかを理解した瞬間、言葉が口をついて出た。

「なんでおれＡＤさんにまで暴行されてるんですか」

「自分の行動を顧(かんが)みたら答えがあるんじゃないでしょうか」

滝島さんが立ち上がっておれの手を引いて席まで引っ張っていく。引っ張る手が強くて「幼稚園児じゃないんだから」と村崎くんが笑う。見回すと、他の出演者もうっすら笑っていた。面白いというよりは呆れ寄りの笑い。ただ一人、バンビちゃんだけは真顔でおれを睨み付けていた。異様な空気がスタジオを包む。荒れ場——荒らしたのおれだけど、この空気は痛みとなっておれを責めた。

心臓が痛い。

こんなに鼓動がテンポアップするのは初めてかも、と思うほどに胸が熱くなり、反比例して脳が冴えていくのが分かった。拡散した意識が、急に一点に収束していく。さっきまでの無茶苦茶やってしまえ、というやけくそな思考が消し飛び、仲間内の飲み会で酩酊してる最中にとつぜん師匠が店に現れて隣の席に腰かけてきて一気に酔いが冷めるときのような、クリアに澄んだ脳に差し替わる。

ADに吹っ飛ばされた衝撃。出演者たちに笑われたこと。バンビちゃんに睨まれていること。それら全てがどうでもよくなるくらい、おれは冷静になっていた。

滝島さんがおれの愚行を処理すべく、忠告をくれる。

「仁礼くん、イエローカード。次、何かやらかしたら本当に退場してもらいますからね」

「いや、すみません」

「トイレには無事行けましたか」

「ばっちり行けました」

「次からは放送開始前に済ませておいて下さい」

「はい、済ませます」

「ゴールデンの放送にふさわしいワードを選んでください」

「はい、ふさわしくします」

「そして死体にキスをしてはいけません」

「いや、キスだけはさせてください」

「なんでそこだけ譲らへんねん！」テンポ良くやりとりの応酬を重ねたラストに滝島さんの明るくてわざとらしいつっこみが入ることで、スタッフ側も含めて笑いが起こる。冷静になったことで、滝島さん主導とはいえ笑いを取ることができた。

「とにかく、もう勇崎さんの死体は運んでしまう時間ですので、ここで退場となります。すみませんスタッフさん、身を挺して勇崎さんの唇を守ってもらって」

「チーフＡＤの次郎丸です」

「あ、役職と名前は要らないですよ」

スムーズなやりとりに笑いが起きる。とにかくどんな荒れ場でもしっかり落として笑いを生む、滝島さんの実力を感じさせる流れだった。

次郎丸さんが棺のふたを丁寧に閉め、下手（しもて）にはけていく。

「マジで仁礼さん、暴れすぎですよ」村崎くんの苦笑い。

「芸人さんってみんなこうなんですか？　ちょっとびっくりです」一連の流れで終始口をあんぐりさせっぱなしだった清水さんの、心から疑問に思っていることが分かる眉のひそめ方。

「いや、ちょっとはしゃぎすぎました、すみません。議論進めましょう。実際に死体を見て、何か気づいたことある人います？」

「いや誰が仕切っとんねん」市原さんのつっこみでもうひと笑い起きる。この笑いで、おれの暴挙はいったん忘れてゲームの本筋に戻ることが合意された感じがした。

「死体、ぶっちゃけ遠くてよく分かんなかった」村崎くんの素朴な感想。

「ナイフ以外は、争った感じはしなかったな。服は乱れてなかったし」市原さんの見立て。

「死後硬直とかそういうのは、わたしたちじゃ分かんないですもんね」

何となく議論が停滞する。特に大した情報は得られてない感じがした。

その滞留を切り裂くように、清水さんが提言した。

「これ、死体の話もですけど先に追放する人を決めないといけないんじゃないですか？　時間も限られてるわけですし」

「それは確かに」「殺人の犯人当てるのは、いつでもいいんだもんね」「じゃあとりあえず、怪しい人言っていく？」

全員の視線がおれに注がれるのが分かった。

「いや、ちょっと待って下さいよ。おれは人狼じゃないです、村人です。あのエピソードもマジです、ただこの場で刺さらなくってウケなかっただけで、マジで嘘じゃないです」

「もしお前が人狼じゃないんやったら、その方が怖いんやけど」

市原の言葉に出演者たちが笑いながら同意する。

「村人でもいいから、いったん仁礼は追放しときましょう」市原さんの冗談まじりの提言。

「たしかに、その方が安心できるかも」村崎くんの同意。

その二つの発言で、場の流れがおれを追放する方向にかなり傾いた。まずい、このまま退場だけは絶対に避けたい。形勢が不利すぎる。このまま何も言わなければ間違いなく全員おれに投票する。何か言わないと――

「いや、これちょっと流れぶった切っちゃうんですけど」

風が吹く音が聞こえた気がした。形勢逆転の風。

「仁礼さんの話は本当だと思います。わたし、実は仁礼さんが話してたライブの配信、買って見てて。リスキーダイスの哀川さんがマジで変な感じになってたのは事実なんで、嘘じゃないと思います」

もち子ちゃんだった。おれが売れ終わって落ち目になってからテレビに出始めた子なので絡みは一切ない。初共演ながら、頼もしい加勢の一手だった。

「もち子ちゃん……！」

「せっかく二人追放できるんだし、仁礼さんより怪しい人を追放して少しでもチャンスを狙った方がいいと思います」

「たしかに、もし仁礼さんが人狼だとしたらあれはスタッフが考えた嘘エピソードってことになるけど、よく考えたらあの話をスタッフが作ったとは思えないもんね」

バンビちゃんの同調。風向きがぐるりと百八十度変わる。

「じゃあ逆に仁礼さん、村人なのがほぼ確定したようなもんじゃないですか」村崎くんの結論。

「だから言ったでしょ、おれは人狼じゃないって。冤罪（えんざい）ですよ。絶対他にもっと怪しいひといるでしょ」

「それで言うと、それこそもち子ちゃんの話はむしろ嘘であってくれって思うけどね」

バンビちゃんが議論の矛先を変える。おれは反射的に飛びついた。

「そう、もち子ちゃんの話ね――」だが、飛びついたはいいものの、もち子ちゃんの話がまったく記憶になかった。おれが思い出せない記憶なんてない。単純に、もち子ちゃんが話してる間ずっと自分のトークを脳内で練習してたので、ちゃんと聞けてなかったのだ。あるまじき失態。

「いや、すみません。もち子ちゃんの話って、どんなんでしたっけ」

観念してそう尋ねると、全員からおいおいという呆れた声が飛んでくる。

「お前ずっと自分のトークのことばっか考えてたから、他人のトーク聞いてないんだろ」市原さんのつっこみ。図星だ。

「いったん、皆さんのトーク内容を画面に出しましょうか」

滝島さんがそう言うとすぐに、中央モニターに六つのフリップ風のオブジェクトが表示され、その中にトーク内容が記されていた。

バンビ：俳優K、モデル・MARINにイタすぎる告白
村崎：ファンに全財産持ち逃げされたバンドマンM
清水：勇崎恭吾さん、ここ数年一度も法を犯してない
市原：勇崎恭吾さん、現在週刊誌に握られてるスキャンダルなし
もち子：吊り橋効果セクハラの某番組ディレクター
仁礼：大喜利でスベって奢ってくれなかったリスキーダイス哀川

「ああ、吊り橋効果セクハラディレクターの話か」

「あれが嘘じゃなかったらあたし、けっこうマジでTV業界に失望するわ」バンビちゃんの所感。

「残念ながら本当なんですよぉ」もち子ちゃんが顔をぎゅっと絞ったような渋面をつくって不快を表明する。

「てか、もしもち子ちゃんが人狼だったらおれのこと庇う理由がないですよね」

おれの言葉に、全員の視線が集中する。気圧されつつも、意見をしっかり嚙み砕いて述べる。

「もち子ちゃんがもし人狼なら、おれのエピソードが本当って知ってたとしても、黙っとく方が得じゃないですか。さっきのあの流れだったら、絶対おれが追放されてたと思うし。そうなればもち子ちゃんが追放される可能性は低くなるわけだから」

「急にロジカル。うける」バンビちゃんがおれを指さして笑う。

「さっきまでのおれのことは忘れてください、こっからマジで人狼と殺人犯当てにいくんで。とりあえず、もち子ちゃんは村人の可能性高いなって思います」

もちろん、実際は敢えておれを庇うことで人狼の疑いを向けられなくする、というテクニックの可能性もあるが、ここでそれを言い出すとキリがないので黙っておく。

「えー、じゃあ誰だろ。俺は実は村崎くんもちょっと怪しいなって思ってたんだよね」

市原さんが矛先を村崎くんへ。

「え、何でですか。俺は村人ですよ。Mの家具持ち逃げエピソードもマジなんですよ、可哀相なことに」

「いや、Mって正直もう俺の頭の中に浮かんでる人物がいて、そいつとはよく飲みにいくんだけど、そいつからそんな話聞いたことないよ。さすがにそんな激強エピソード持ってたらどっかで話してるでしょ」

「いや、それがあいつこの話をマジで恥だと思ってて、ごくごく限られたバンド界隈のやつにしか言ってないんすよ。考えてみて下さいよ、まずファンと付き合っちゃってる時点で相当イタいのに、そのファンに全財産、エアコンまで持ち逃げされてるんですよ。あいつはまだこの話を笑って披露できるほどは精神が成熟していない」

「本当かなぁ」

「それ言うなら、バンビさんも怪しくないですか？」清水さんがバンビちゃんの方に身体を向ける。

「さすがに今時、共演者にそんなぐいぐい手を出す俳優はいないと思うんですよね。事務所からもコンプライアンス研修とかでうるさく言われてるだろうし。録音した音声なんて、一番流出しそうなデータを送るっていうのがちょっとありえないんじゃないかな、って思うんだけど」

「Kは独立系のちっちゃい事務所の所属なんで、大手と違ってそこまで研修とかは充実してないんじゃないのかなー。それにね、清水さん。実は芸能人って、思ってる五倍くらい芸能人同士で恋愛してるんですよ。週刊誌とかで表に出るのはほんの一部」

　バンビちゃんが澄ました顔でそう返す。ちょっと清水さんを煽るような感じになってて、場がぴりっと緊迫した。

「じゃあバンビさんも恋愛してるのかしら」

こちらも表情を波立たせることなく、さらりと攻め返す。

「あたしはいつだって恋してますよ」

頬に手をあてる〝歯痛ポーズ〟で、わざとらしくかわいこぶるバンビちゃん。余裕の表情を崩さずに、

「てかそもそも、あたしとか村崎さんとは比べものにならないくらい絶対に怪しい二人がいるでしょ。この画面見たら一発で分かるじゃないですか」

エピソードが並んでいる画面を指さして、バンビちゃんがさらに攻め返す。

「何なんですかこの勇崎さんがらみのエピソード。トーク終わりに言えなかったからいま指摘しますけど、ぶっちゃけ意味分かんないですよ」

それは本当にそうだった。「**勇崎恭吾さん、ここ数年一度も法を犯してない**」「**勇崎恭吾さん、現在週刊誌に握られてるスキャンダルなし**」という文字列は、改めて六人のトークテーマを並べた上で見比べると、二つだけ明らかに浮いている。

「そこはマジで俺も思いました」村崎くんが同意する。「そもそも、二人って勇崎さんと交流あるんですっけ」

「私は数年前に映画でお仕事ご一緒してから、ずっと親しくさせてもらってます。同じ神奈川出身なので、俳優の〝神奈川県人会〟で集まるんです」

「俺も普通にあるよ。一緒に飲んだこともあるし、たまたま店で一緒になって合流したこともあるし。まあ、今日話したこのエピソードは勇崎さんじゃなくて別ルートから仕入れたけど」

二人は堂々と弁明したが、疑いムードが晴れる感じはなく、おれもそのムードに乗っかって自

分の意見を差し込んでみる。

「そもそも〝神奈川県人会〟なんてあります？　秋田県人会とか沖縄県人会とかならしっくりくるけど、神奈川ってそんな県民の連帯感ないでしょ、半分東京みたいなもんなんだし」

「それは偏見ですよ、勇崎さんのお宅で郷土愛を語り合いましたし」

少しむっとしたような清水さんの反論は本気っぽい感じがして、自分の推理の自信が揺らいだ。が、よく考えたらこの人は女優だった。印象だけで判断すると危ない。

「神奈川って県じゃなくて横浜とか川崎とかそういう地域単位でしか地元愛持てないでしょ」

バンビちゃんも加勢してくれて、場の空気が固まっていく。

そこで、村崎くんが別角度から、

「ただ、もしこの二人のどっちかが人狼だったらマジでやばいですね。ネットニュースどころじゃないですよ。市原さんはまあともかく、清水さんがもし人狼だったらつまりその……」

「勇崎さんがここ数年で法を犯してる、ってことになる」

おれが後を引き継ぐ。場に沈黙が降りた。ただ会話の隙間ができたという以上の意味を持つような、雄弁な沈黙。

「これ、もしかして実はこの二人はドッキリの仕掛け人側で、このエピソードと勇崎さん殺人事件が何かしら関わってる的な、伏線回収的なやつなんじゃないですかぁ？」もち子ちゃんが重たい沈黙を明るく破る。

「確かにそういうの幸良さん好きそう」プロデューサーの名前を出してメタ視点も入れた推理で賛同するバンビちゃん。

「てか、そういう意図がないならマジで意味わかんなすぎる」流れに乗っかる村崎くん。

「一回この二人追放して、このエピソードが嘘か本当か確かめましょうよ。じゃないと気になって先に進めないですって」おれの提案が、市原さんと清水さん以外の三人に受け入れられたのがアイコンタクトで分かる。

「馬鹿、考え直せって！」「私は村人です！」

市原さんと清水さんは渋い顔で首を横に振っているが、そこでSEが鳴った。

「はい！　時間が来ましたので〈議論タイム〉はここまでとなります。それでは投票に移ります。皆さん、お手元のボタンを二つ、押してください」

おれたちの手元にはモニターとボタンがあり、ボタンには番号が振られている。モニター上には①市原から⑥京極まで出演者に番号が振られて表示されている。おれは迷わず①市原と③清水のボタンを押した。

「ただいま集計中ですので少々お待ちください。視聴者の皆さんも、推理してみてくださいね」

議論に上手く参加できたこと、イニシアチブを取れたこと、自分が追放されずに済みそうなこと――それらはすべて、テンパっていたおれが冷静さを取り戻せたからなし得たことだった。

七年前にTVに出ていた頃、ネタ番組以外にも色んな番組に出たが、大体収録中に一回は痛恨のミスをしてしまいパニックに陥るのがお決まりだった。MCに振られて上手く返せなかったり、共演者が俳優やアイドルしかいないタイプの番組で一発ギャグをやらされてスベったあとにリカバリーができなかったり、エピソードトークの途中の重要な要素を言い漏らしてオチがつかずに変な空気になったり。

パニックが一度着火してしまうと、衣服が燃え広がっていくような焦りに蝕（むしば）まれて、相方がその場にいて上手く処理してくれない限りおれは使い物にならなくなる。何も喋らない置物になるか、下手するとずっと真顔で立て直し方を考えているので、スタッフからすると画角に入れることすら避けたい完全に邪魔者でしかない存在になる。だから二回目は呼ばれず、バラエティを一周し終えたら出れる番組が消えていき仕事がどんどんこぼれ落ちていく。

それでもたまに、相方なしで自力でパニック状態から復帰できることがある。その条件はただ一つ、パニックの火を消し飛ばすくらいに破壊力のある爆弾が落ちたとき。スタジオがひび割れるんじゃないかと思うほどの爆笑を誰かが巻き起こしたり、誰が見ても声を上げて泣いてしまうような感動系のＶＴＲを見せられたり。喜怒哀楽どれでもいい、驚きでも恐怖でもいい、とにかくでかい感情が生まれるようなくだりがあると、自分の失敗がどうでもよく思えて立ち直れる。

今おれがあれだけの失敗をやらかしたのに立て直せているのも、爆弾が落ちたからだった。

おれはちらりと滝島さんに目をやり、次いで制作スタッフ側を見た。

触れて良いのか分からない。

どこまでが意図通りなのか分からない。

分かっているのは、ひとつだけ。

――勇崎さん、演技じゃなくてマジで死んでた気がする。

「投票結果が出たようです！　それでは追放される〈語り手〉二名を一斉に発表しましょう」

滝島さんのアナウンスが、遠くで喋っているかのように聞こえた。自分がいま何をすべきなのか――このままいち出演者としての仕事を全うしていればいいのか、すぐにでもスタッフを問いつめるべきなのか。

勇崎さんの肩に触れたときの冷気がまだ、両手に残っているような錯覚に陥る。

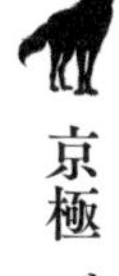

京極　バンビ

「投票結果が出たようです！　それでは追放される〈語り手〉二名を一斉に発表しましょう」

滝島きっかけで画面が動き、〝追放〟のどでかくてぶっといフォントが表示され、緊迫感のあるSEが鳴る。

「さて、発表の方法ですが――ここは〈人狼村〉。追放者には村のしきたりとして、二度とこの村に帰ってきたくなくなるようなシビれる罰を与えることになっています。みなさん――今日の椅子、ちょっと重たく感じませんでしたか？」

滝島の問いかけに、出演者たちが思い思いのリアクションを取る――「まさか」「勘弁して」

「はい、静粛に。それでは全員でカウントダウンいきましょう。五、」

滝島のリードで、全員でカウントを始める――「四、三、二」

「痛った！」「きゃあ！」

椅子から飛び上がったのは――案の定、市原と清水だった。罰ゲーム用の電流が奴らの尻を焼いたのだ。

同時に照明がぐっと落とされ、中央モニターに〝市原野球　5票〟〝清水可奈　5票〟という結果が表示される。予想通りの開票結果と、追放者二人の平均的なリアクションに、特に何の感想や感慨もうかばなかった。ちらりと演者用のモニターを見ると、カメラは市原と清水を二画面マルチで抜いている。

「ちょっと、なんで二で流してんすか！　相場はゼロでしょ相場は」

市原が芸人らしく、顔を分かりやすい苦悶の表情に歪めながら抗議する。

「ちょっと意地悪しちゃいました」滝島が悪戯っぽく笑う。「清水さん、いかがでした？　あまり電流を食らう機会はないかと思いますが……」

「明日から電流NGにするようにマネージャーに言っておきます」

こちらも、バラエティ慣れしてないながらカメラの前に立つ人間として、ちゃんと冗談コメントで短くまとめていて偉い。

「さあ、ということで。市原さんと清水さんがここで追放となりましたが、最後に何か言い残したことはありますか？」

滝島が振ると、市原が悔しそうな顔で「マジで違うんやけどなー。うわー、ここでもう出番終わり？」と嘆き、清水は「……これ番宣の時間はもらえないってことですか？」と不安げに問いかける。「多分ですけど、あんまりそんな露骨に番宣とか言わない方がいいですよ」と軽く流す滝島。

実際のところ、この二人は村人なのでただ冤罪をかけられて追放されただけだ。うまく隠れ蓑になってくれて助かったが――それにしても、この二人のエピソードがキナ臭いのは確かだった。二人とも勇崎さんがらみの、エピソードとも言えないただの事実を述べるような内容。この二人が勇崎さんと関わりがあるとは思えない。少なくともあたしが把握している限りでは清水が勇崎邸に来たことはないし、神奈川県人会なんて存在しない、すくなくとも勇崎さんはそんな会なんかに加入していない。市原も清水も村人である以上、嘘をつくことができないルールのはずだ。

――もしかして、あたしもはめられてる？

最近のバラエティのドッキリは『水曜日のダウンタウン』を筆頭に複雑化・先鋭化が進んでいる。ただターゲットを騙すだけでは視聴者も制作側も物足りなくなっている。ドッキリ仕掛け人がさらにドッキリにかけられるパターンなんて珍しくもない。

一応あたしはドッキリかけられるのは絶対に嫌なのでNGにしているのだが、それでもごり押しでねじ込まれた可能性はゼロではない。本当はあたし以外に人狼役・犯人役がいて、必死に人狼・犯人の演技をしようとするあたしを嘲笑う流れを狙っているのかもしれない――だとしたら、今のうちにリアクションをイメージしておく必要がある。

ドッキリにおいて重要なのはいかに素っぽい感じを出して新鮮に驚けるかと、ドッキリ判明後の第一声のコメント強度である。今あたしの演者としての照準は犯人役の演技にだけ絞られているが、ドッキリにかけられる側なのだとしたらそのテンションにメンタルを調整しておかないといけない。

もし、そのルートだとしたら――この二人のどちらかが人狼であり、ここでネタばらしが来るはず。

「それではお二人はここで退場となります――追、放！」

滝島が追と放の間に一拍入れる言い方で宣言すると同時に、座席前から勢いよくスモークが噴射して二人の顔を襲ったかと思うと、座席の床が抜けて椅子ごとセット下の闇へと消し去った。

『細かすぎて伝わらないモノマネ選手権』のような、見事な落ちっぷり。これまでの放送ではなかったシステムだ。

「今回は演出も気合いが入ってますね」滝島の所感。「まさかこんな扱いを受けるとは清水さんも思っていなかったでしょう」

滝島が正面の固定カメラに向き直る。進行上重要なアナウンスを行うという合図。

「さあ、この二人は人狼だったのか、村人だったのか。もし二人のどちらかが裏切り者だった場合はこのターンでいったんゲーム終了、市原さんも清水さんも裏切り者ではなかった場合、そのままゲームを続行、二ターン目に入っていきます」

照明が暗く絞られる。本来ならここはただ「ゲーム続行」となるのを待っているだけの、特に気を張る必要のない場面なのだが、逆ドッキリの可能性に思い至ってしまったせいで無駄に緊張する。

「お二人の中に裏切り者は――」ここで溜めて出演者全員をじっくりと見回す滝島。過剰な焦らしに苛つく。

「いませんでした!」

にやり。

「ゲーム続行、二ターン目に入ります」

ゲーム続行のきらきらしたSEが流れて照明が明るく戻る。出演者たちは互いに顔を見合わせながら驚きのリアクション。

「うぇーい、マジか」「絶対どっちか人狼だと思った」「じゃああの二人のエピソードはただの本当の話ってこと？」

あたしも場の流れに合わせて驚きの表情を作るが、内心はほっとしていた。あたしに逆ドッキリをかけるという展開ではなさそうだ。

気になるのはやはり市原と清水の発言――〝勇崎さんとよく飲む〟〝神奈川県人会で集まる〟。エピソードの方はともかく、〈議論タイム〉中のこの話は嘘だと思う。改めて記憶を隅々まで掘り起こしても、勇崎さんは市原と飲んでいないし、清水を家に招いたりはしていない。村人は本番中に嘘をついてはいけないというルールなのだから、もし奴らが村人なのに嘘をついているのなら、制作側かMCの滝島が何かしらの措置を講じるはずだ。〈議論タイム〉中にそんな気配はなかった。

あたしは少し考えを巡らせたのち、この違和感は無視することにした。嘘ではなく盛りと判定されたのなら、スタッフ側から物言いが入らないのも納得できる。エピソードを盛って話すことは、この業界の教科書の一ページ目に〝脚色〟というタイトルで載ってる基本戦術だ。

「とりあえず、生き残ったぁ」

仁礼のその呟きが耳に届いた瞬間、あたしは市原と清水のことを脳内の放置フォルダに放り込んで、そんなことよりももっと腹を立てる対象があることを思い出した。

「てか、市原さんいなくなったら芸人おれだけじゃん。負担でかいって、おれ市原さんみたいな裏回しできないっすよ」

仁礼の独り言に、あたしは（頭の中で）舌打ちした。お前に芸人としてのスキルなんて出演者もスタッフも誰一人期待してないから安心しろよ、という本質悪口が喉元まで出かかったがどうにか抑える。このスキル不足かつ旬がとっくに終わりきってる芸人をなぜキャスティングしているのか、制作側を問い詰めたくなる。

いや、別にこの際スキルの欠如はどうでもいい。問題はそこじゃない。

こいつは、勇崎さんの——恭吾くんの唇を奪おうとした。

何よりもそれが許せない。

「まだこの村の悲劇は終わっていません。ここからは、生き残った四名で二ターン目のトークに入っていきます」

滝島の進行アナウンス。正直、かったるい。この特番、あたしとしてはエピソードトークのパートが最もどうでもいい時間だと言える。人狼のあたしはほかの〈語り手〉のトークを聞いて推理する必要もないし、他人のゴシップなんて興味ない。

ここまでで唯一意味があった時間は、さっきのヒントチャンスの死体検証の時間だけだ。恭吾くんの死体メイクは、もっとじっくり見つめていたかった。カメラの前だけでなくあたしの前でも、恭吾くんは決して〝勇崎恭吾〟の皮を脱がない。豪快で男臭くて、背中で語る俳優の皮。シンガポール旅行中に熱を出して寝込んだときですら、ずっと笑って余裕の表情を崩さなかった。まるで、少しでも弱っている自分を見せたらその瞬間に築き上げてきた勇崎恭吾ブランドが崩れ落ちてしまうと思っているかのように。

だからこそ、普段見ることのできない彼の弱り切った姿（死体ってある意味完全な弱みを晒してる状態だと思わない？）には震えたし、とはいえ表情に興奮を出すわけにはいかないので、一人だけ〝笑ってはいけない〟をやらされてるみたいな耐えの時間だった。笑ってはいけないというルール下の方が笑ってしまいやすいのと同じ原理で、興奮してはいけない状況の方が興奮するのだ。

そんな感じで興奮をひた隠しに隠しながら恭吾くんの貴重な姿を心に焼き付けようとしていたところに、この一発屋芸人が割り込んできた上に、なぜか恭吾くんにキスまでしようとして。まず行動の意味が全く分からないし、恭吾くんの唇に触れる権利はあたしだけのものだ（奥さんとはここ数年キスもセックスもしていないと言い切ってくれた）。

ＡＤの子には感謝しかない。確か、次郎丸とかいういかつい名前の制作会社の男子。あたしは一緒に仕事して「この子、仕事できるわ」と感じたスタッフはＡＤだろうとＡＰだろうと名前を覚える。中長期的にＴＶに出続けるためにはそういう努力が不可欠だ。もっとも、次郎丸ＡＤは局員じゃないので、期待値としてはやや低めだが、仁礼のキスを止めてくれたのは、さすがの瞬発力と判断力だった。

そこで、フロアＤからカンペが出た。〝ＣＭ入ったあと何人かに感想振って〟――時間が多少巻いてしまったのだろうか。確かに、台本には追放後にコメントもらって、良きところで二ターン目に入るような流れになっていた。

そこで思い出す――キスに気を取られて頭から抜けてたけど、そもそもこの死体見せのヒントで、ちゃんと出演者たちがヒントに気づかないといけなかったのでは？

勇崎恭吾殺人事件の犯人があたし、京極バンビであると気づけるヒントは、いま出ている情報だけでも三つある。

その一――あたしが今日一日中局内で収録の仕事があったこと、他の連中は全員十六時だか十七時だか以降に局入りしてること。これは放送開始直前のＳＮＳ告知用の動画で言ってある。最初の死体発見ＶＴＲから、犯行時刻が今日の十三時から十四時の間であることが分かっているので、あたしが犯人だと絞り込める。

その二――ナイフが左から刺さっていること。犯人は左利きで、あたしも左利き。わざとらしく左手でフリップを持ったりしてる。それだけだと流石に出演者も視聴者も気づきづらいので、この後にも左手ヒントは要所要所でちらつかせる。

その三――恭吾くんの指が口に入っていること。これは未だにあたしも納得いってないくらいに下らないんだけど――歯を指している＝歯科＝鹿＝バンビ、というダイイングメッセージということらしい。あほくさ。

とにかく、この三つの手がかりに気づければ、あたしが犯人だという予想はつく。ミステリとしては別に新規性も意外性もないが、このくらいのレベルの方がテレビの視聴者には伝わりやすい。別に本格的な謎解きをさせることじゃなくて、興味を引きつつ話題化できればそれでいいのだ。ゴシップトークだけで十分コンテンツとしては成り立ってるわけだし。

今頃ＳＮＳで考察が盛り上がっていることだろう。動機のヒントは次の〈ヒントチャンス〉で出るので、そこで動機を見抜けさえすれば、「犯人はお前だ！」をやれる材料が揃う。

だが、演者たちは今のところそのどれにも気づいていない。せめてナイフが左から刺さっていることには気づいておいてもらわないと。一応、死体発見ＶＴＲは滝島に要請すればまた見返せるが、せっかく恭吾くんが死体メイクで登場したのにそこから何のヒントも得られてないのは可哀相すぎる。

「二ターン目に入る前に、ここでいったんCMです！」

カメラのタリーランプが消え、「CM尺二分三十秒です！」というアナウンスがスタジオに響く。わざわざ尺まで教えてくれるタイプのタイムキーパーらしい。

あたしは息を吐いた。滝島だけが席を立ち、モニター前の幸良Pのところへ行った。

「何か、殺人事件の犯人と人狼と両方考えないといけないから疲れちゃいますね」

村崎が水を飲みながら言った。タレントにはCM中に気安く話しかけてくるタイプと完全に無言なタイプがいるが、今日の出演者は全員前者だ。情報番組とかならともかく、こういうだまし合い要素のあるゲーム系のときはあんまり喋んない方がいいとあたしは思うんだけど。

「ぶっちゃけ、視聴者もついていけてるのかなって思っちゃいますすねぇ」

直しのためにセットに入ってきたヘアメイクに前髪を整えられながら、もち子がそう返す。

「てかマジ、仁礼さんクレイジーすぎますって。さすがに芸歴十年以上も離れてる俳優にキスって、破天荒系の芸人さんでもやらないですよ。もしかして勇崎さんと事前に打ち合わせしてたんですか？」

村崎が面白がるように訊く。打ち合わせなんかしてるわけあるか、恭吾くんがこんな一発屋と接点持つわけないだろ。こいつが単純に馬鹿でテンパっただけだ。

「そうっすね……」

あからさまな上の空生返事。仁礼は、驚くほど強張った顔で宙を見つめていた。

「これ、マジでどこまで……？」

ぶつぶつ何事かを呟いている。不気味だった。こいつの情緒はどうなってるんだ。

仁礼の生返事により、村崎の質問が宙に浮いてしまう。仁礼とは会話ができないと判断したらしき村崎は、話し相手をあたしにスイッチすることにしたらしく、

「てか、さっき清水さんから訊かれてたけどさ、バンビちゃんって彼氏いるの？　週刊誌とかで噂になったこと一回もないよね。バンビちゃんレベルだと珍しくない？」

ゴシップがテーマの番組の休憩中にゴシップ話題を振ってくるその神経が理解できなかったし、まず年下のお前が何でタメ口なんだと言いたくなったが、ここで変に揉めたくもないので無難に返す。

「単純に遊んでないだけ。ここ数年は仕事ばっかしてるし。たまーにオフって言われてもずっとインスタライブの準備したり動画撮ったりしてるから」

実際は恭吾くんといちゃついてる日々なんだけど。ああ、何で休憩中まで気を張って嘘をつかなきゃいけないの、だるい。こういう休憩中ってもっとどうでもいい話するか、それまでの収録であったことに言及するかの二択だろ。

「えー、恋愛願望とかないの？」

「ないわけじゃないけど、仕事優先かな」露骨に声のトーンを下げて、会話を続けたくないという意志を表明する。踏み込んだ質問してくんな。

「じゃあさ、友だちは？　芸能人で仲いい人いるぅ？」

ここで乱入してくるもち子。なんでそんな『Ａ－Ｓｔｕｄｉｏ』みたいな質問をゴシップ人狼の休憩中にされないといけないんだ。『Ａ－Ｓｔｕｄｉｏ』みたいな質問には『Ａ－Ｓｔｕｄｉｏ』で答えたいわ。

「んー、今はほとんどいないかな。それこそMARINちゃんくらい」

昔はひるねと旅行にいったこともあったな、という記憶が蘇り、「今は」という含みを持たせてしまう。口にした瞬間に後悔が唾液となって口元に広がった。

「え、昔はいたってこと？　それってだれ――」

「CM明けまーす！　十秒前、九、八、七――」

もち子の質問はタイムキーパーのカウントに阻まれた。助かった。気づいたら滝島も戻ってきていた。二ターン目が始まる。感想振られたら何を言うかはある程度考えてある。もし一人目でなく二人目以降で振られた場合コメントが被ってしまう可能性があるので、二パターンは用意。

「さあ、『ゴシップ人狼2024秋』、現在一ターン目が終了して残りはこちらの四名となっております」

カメラが出演者を順番に抜いていく。手を振ってにこやかに応じる。動物園のパンダになった気分。まあこれは恭吾くんの受け売りなんだけど、そもそも芸能人なんて変人の見世物だからね。

「さあ、二ターン目に入っていきますが、バンビちゃん」あたしがコメント一人目だ。すぐに頭の中で言葉を整える。「バンビちゃんは今回初登場ですけど、ここまでいかがですか？」

振るときにただ「いかがですか？」「感想聞いてもいいですか？」と訊くだけでなく、「初登場ですけど」という一言を挟むことで、振られた側がコメントしやすくなるというMCテク。最近露出量減ってる感じがしててあんまり意識してなかったけど、滝島は何だかんだでMCの実力はしっかり持ってる。

「いやー、正直始まるまで緊張でマジで吐きそうだったんですけど、今のところすごく楽しんでます。ただあの死体はほんとにビックリした。心臓に悪いですって」

ここのコメントは別にウケをとらなくていい。CM明けにいきなりゲームを再開すると視聴者がついてこれないので、緩衝材として挟まれているだけの時間なのだ。求められているのは〝ちょうどいい〟コメントでしかない。適当に間を埋めつつ、もしMC側がこれまでの流れに触れたいのなら触れられるという程度に、ドッキリの話を混ぜる。ただし、あたしは犯人役なのでドッキリというワードは使わない。

「いやー、そうですね。ゲームを楽しみつつも、勇崎さんを殺害した犯人はしっかり推理していってもらいましょう……さあ、じゃあ村崎くん。ここまでのトーク、どうでしたか?」

「いやー、やっぱ皆さん話がうまくて、ただゴシップ言うだけじゃなくて笑いも取ってきたりしてるんで、バラエティ慣れしてる人たちは違うなって」

「なるほど。確かに皆さん、しっかり仕上げたトークを持ってきてくれてますよね」

そこで村崎が大げさに、仁礼へと身体を向ける。

「まあ約一名、バラエティを破壊しかけた人がいましたけど」

苦笑が起きる。あまり同じ要素をイジりすぎると味がしなくなっていってしまうが、仁礼の暴走に関してはまだまだイジってやって良さそうだ。そこの鮮度を見誤ると痛い。

「そうですね、ちょっとMCとしてもひやりとした瞬間がありましたけれども。じゃあそんな仁礼くん、どうですかここまで。議論タイムの後半は普通に活躍してる感じもありましたね」

明確に名前を呼ばれて振られたにもかかわらず、仁礼は顔を上げるだけで答えなかった。変な間が生まれてスタジオにピリっとした空気が生まれる。こいつまた何かやらかすんじゃないかという恐怖。

「仁礼くん？」滝島が動じず問いかけ直す。

「あ、はい。活躍してますねぇ」滝島の軽いいじり。微風くらいの笑いが小気味よく起きる。

「調子に乗ってました」

「すみません、考え事してました」

「いや、生放送中ですよー」

再び笑い。かったるいやりとり。さっさと進めようぜと愚痴りたくなる。

甲斐 朝奈

《いや、生放送中ですよー》

MCの人のつっこみで、笑いが起きている。

「朝奈ちゃんは、誰が人狼だと思った？」

小羽石さんに問いかけられ、わたしは口ごもりつつもなんとか思ってることを述べた。

「いや……誰が嘘ついてるのかとかは分からないですね。トークの内容で嘘かほんとか判断するのも無理だし。まあ、なんとなくこの人が怪しそうっていうのはありますけど」

「それは、誰？」

「その、京極バンビ、ちゃんは」どう呼んでいいか分からず、フルネームで言ってしまう。

「バラエティも嘘も上手いから。明らかに怪しい人がいないってことは、上手な人が人狼をやってるんだと思うんで、だったらこの人かなって。もちろん、他にも嘘が上手い人はいるのかもしれないですけど」

「なるほど、そういう考え方もあるのか」

小羽石さんは顎に手をあててうなずいた。何かの参考にでもするかのように。

「死体出てきたときは大丈夫でした？」

小羽石さんが何でもないことのように、それでいてどこか硬質な、気づかいとかで固められた声で訊いてきた。

わたしは素直に答えた。

「自分でもびっくりしたんですけど、ちょっと震えちゃいました。別に大丈夫かなって思ってたんですけど」

「無理しなくてもいいよ。消す？」

「いや、見ます」

「マジで無理しなくていいよ。さっきメッセ来てて、もう出発したんだって。あと一時間しないぐらいで着くだろうから、何かゲームとかして時間潰しててもいいし」

あと一時間しないくらい。ちょうどこの番組を見終えるくらいだろうか。落ち着かなくて、今すぐここを飛び出したいような気持ちになる。

だけど、一方で。

もう一つ、わたしの心を駆り立てる衝動があった。

「いや、このまま見ます」

「もちろん、朝奈ちゃんがいいならいいんだけど……」

「普通に、気になるんです」

「？」

「この番組の続き。殺人事件と、人狼当て。どうなるのか、見たいんです——いち視聴者として。そこに台本書いた人の意図とか狙いが、あると思うんで」

　ＭＣの滝島さんが、高らかにアナウンスする。

《それでは、二ターン目のルーレットを回していきましょう！》

「ちょっと煙草吸わせてもらってもいい？　ベランダ借りるよ」

　そう言って、小羽石さんが窓を開ける。マジか、健康とか気にしないのか？　と思いつつも、わたしの目は画面に吸い寄せられていた。

5章　気になる答えはCMのあと！

幸良　涙花

「それでは、二ターン目のルーレットを回していきましょう！」

滝島さんの進行にあわせて、二ターン目開始のSEが鳴る。

《幸良さん、ちょっと》副調整室のディレクターからインカム。

「なに。どうしたの？」

《山田局長がなんか勇崎さんに挨拶しとこうって、若干苛ついた顔で出てったんですけど、もしかしたらそっちに行ってるかも。流石に放送中に邪魔はしないと思うけど……上手くやってくださいよ》

「うっそでしょ。それは勘弁してほしいってマジで」

半泣きで次郎丸くんを見ると、私以上に青ざめた顔で、

「編成局長に死体見られたら終わりです」

そうこう言っている間に、滝島さんがルーレットを回して〝京極バンビ　B級ゴシップ〟で止まっている。「またトップぅ?」とバンビちゃんが文句をいいながら、フリップを左手で持つ。番組は問題なく進行している。

「どうしよう、どうしよう」

「何とか誤魔化して追い返してください。どんな理由でもいいんで」

「いやあの人現場のこと何も分かってないから生放送中でも平気で口出ししてきそうだし、女の制作のこと基本舐めてるから私の言うことなんか――」

「誰の話してんの、コーラちゃん?」

思わず「ひやあ」と悲鳴を上げそうになるのをかろうじてこらえる。マイクに乗りでもしたら一発でアウトだ。

「い、いやぁ。ちょっと昨日見た刑事ドラマのキャリアと叩き上げの話をしてて」

「これだけトラブル続きの生放送中に、よくドラマの話ができるねぇ。俺が代理で番組任されたら、一フレームたりとも気ぃ抜かないで真剣に取り組むけどなぁ」

真剣に取り組んでますよ誰よりも、だから話しかけてこないで、副調整室に帰ってください、と口元まで出かかった反論を社会性フィルターにかけて出力する。「精進します」

「そんなことよりコーラちゃん、さっきの死体検証のシーン短くなかった?　ちゃんと犯人が左利きだってみんな気づいたかな?　あの一発屋のせいで無理矢理終わっちゃったじゃん」

「ああー……どうですかね。何ならもう一回VTRで刃の刺さり方見せてもいいですし」

私の煮え切らない返答に、山田さんは露骨に顔をしかめた。

「ちゃんと台本(ホン)通りに進めてくれるんだよね？　勇崎くんが間に合ったのは良かったけど、これマジでうちの局の命運かかってるんだからさ、こういうトラブルが続くのはちょっとよろしくないんだよね」

軽薄な口調だが目は笑っていない。というか目以外も笑っていない。顔全体で「この女プロデューサーを詰める」という意志を表現しているかのようだった。

「任せてください、ちゃんと台本で押さえるべきところはばっちり押さえますよ」努めて明るく、能天気っぽく言った。「もちろん生ならではの脱線とかアクシデントはありつつ、ですけど」

「ちょっと勇崎さんと話させてもらえるかな？　さっきの芸人の非礼、一言俺からも詫び入れといた方がいいでしょ。俺が頭下げれば、溜飲(りゅういん)も下がるだろうし」

勇崎さんにはもう上がる溜飲がないんですよ、と内心で呟きながら首を振る。「いまちょっと楽屋で休まれてますので」

「ADの子からはスタジオから出てないって聞いたけど？　どっかその辺で待機してるんじゃないの？」

まずい、この人勇崎さんと話すまで納得しないモードに入ってる。次郎丸くんに助けを求めようと、首は動かさずに眼球だけで姿を探したが見当たらない。

「あれ、おかしいな。ADの子が見逃してたのかもしれないですね。お手洗いかも」

「コーラちゃん」山田さんは詰問口調から急にトーンを変え、ぐっと温度を上げて親近感をまとった声色で、

「俺も別に現場を荒らしに来たわけじゃないのよ。生放送でバタついてるのは分かってる。ただ、勇崎くんには無理言って四月クールの主演でキャスティングさせてもらった借りがある。あの枠は次の春改編で新設した、肝いりのドラマ枠なんだよ。ＣＭ枠のセールスだけじゃない、うちのＩＰセールスのステップとしても重要なコンテンツで、そこで主演張れる役者は勇崎恭吾しかいないわけ」

胸衿(きようきん)を開いて全てを打ち明けている、と言わんばかりの語り口調。何だかんだでキー局の編成局長まで登り詰めた人間なので、こういうコミュニケーション技術に関してはやはり長(た)けている。

「重々承知しています」

「これオフレコだけどな、あのドラマ、ハリウッドのオファーが来てたのを断って受けてもらったんだよ」

どっ、と出演者たちが沸いた。バンビちゃんのトークがハネたらしい。バンビちゃんのＢ級トークは「年齢サバ読んでるのを忘れてインタビューに答えてアンジャッシュのコントみたいにすれ違っちゃった女優Ｓ」の話だった。確かに、あれはシンプルに盛り上がるだろうな。作家の子が書いた嘘ゴシップだけど、初めて読ませてもらったとき声出して笑っちゃった。

出演者達の盛り上がりとは対照的に、私は山田さんの黒光りする顔を見ながら、胸を侵食してくる憂鬱の処理方法を探していた。二時間前に食べたおにぎりが漬物石にでも変わったかのように、胃が重い。

「そういう顔になるよな」山田さんが共感を表情ににじませながら頷く。「ハリウッドを蹴ってうちのドラマに出てくれる条件が、これだ。この特番をやり切って、この台本を実現すること。

分かるだろ？　比喩でも誇張でもなく文字通り、うちの局の未来がかかってる」

「重々、承知しました。きちんと責任をもって進行――」

「とにかく、万が一も想定するならここで俺がフォロー入れるのはマストだろ」

勇崎さんが死んでるかも、って万が一の想定もしといてください。

「勇崎さんの温度感も知っときたいし」

勇崎さんは氷みたいに冷たくなってます。

「あ、てかそこにいるでしょ」

山田さんがスタジオ端の簡易楽屋へつかつかと歩み始める。パーテーションで区切られたスペースには、「出演者待機所（入らないでください）」と書かれたＡ４の紙が貼ってある。その中には、先程出番を終えた勇崎さんの死体。

「ちょっと、山田さん待ってくだ」

あまりに自然かつでかい歩幅で、山田さんは吸い寄せられるように簡易楽屋へと手をかける。私の制止など鼓膜に届いていないかのような無遠慮さで、私が追いついたときにはすでにカーテンを少しだけ開けて中に首をつっこんでいた。

終わった――この人に見つかったらごまかしきれない。編成局長という、すぐに放送中止の判断ができる立場にあるのだから。

だが、山田さんの第一声は驚愕の悲鳴ではなかった。

「え、寝てんの？」

「お静かに。三十分後に起こすよう言われています。逆に、三十分後までは起こさないように、と。アラームをかけるわけにもいかないので、僕が目覚まし時計代わりです」

私もカーテンの隙間から首をつっこむと、そこには簡易ベッド代わりのストレッチャーの上で毛布をかぶっている勇崎さんと、その寝姿を立って見守る次郎丸くんがいた。勇崎さんの顔はぬれマスクとホットアイマスクで覆われており、本気で仮眠を取る人の気合いを感じさせる仕上がり。そして——深い入眠を印象づける、「ぐごごが」という特徴的ないびき。

「生放送中に寝るって、どういう神経だよ」

「昨日の夜の会食が、かなり深かったみたいで。どうしてもとおっしゃるので、仮眠をとってもらっています」

「楽屋に帰ればいいだろうに」

「何かあったらすぐに対応できるようにここに残る、とおっしゃられてました」

「ったく、プロ意識が高いんだか低いんだか分かんねーな。まあ、寝てんならしゃーないか。コーラちゃん、起きたらまた来るから、副調整室のやつらに連絡して俺を呼んでくれ」

「了解です」もう起きないから呼ばないけど。

山田さんがスタジオから出ていったのを確認して、私は深く深く息を吐いた。プロデューサー用のモニター前に移動して座る。ちょうど二人目のルーレットが止まり、〝仁礼左馬　B級ゴシップ〟を示している。私は画面を注視しつつ、

「次郎丸くん、ナイス機転。マジで終わったと思った」

「ADの仕事って、要は機転きかせることなんで」

「いや、でもアイマスクとかはともかく、あのいびきどうしたの？」

「ポータブルの Bluetooth スピーカーから出してただけですよ。マスクと毛布で口元も首元も隠してるから、音源さえあればちゃんとだませるかなって」

「その音源はどうしたの。まさかこの短時間で次郎丸くんが録音……？」

「勇崎さんの YouTube チャンネル掘ったことがあって。そういえば入眠ＡＳＭＲ配信やってた時期があったなって思い出したので、それ使いました」

不謹慎だけど流石に笑いそうになって、肘で口元を押さえながら目をそらした。

「……いや、どういうこと？」

「『全身の力を抜いて……』みたいな入眠導入の囁きとか、耳かきの音とか、そういうのをバイノーラルマイクで拾う感じの配信ですね。その配信の途中で勇崎さん自身が寝落ちしちゃって、いびきかいて寝てて。アーカイブ消えてなかったんで助かりました」

「誰に需要があるの、その配信」

勇崎恭吾ファンの人たちが聴くのだろうか。意外と勇崎さんにはガチ恋寄りの強火のファンもいるらしいし、ありえるといえばありえるのか。

「ちなみに再生回数は一五四二回です。投稿は七年ちょっと前なんで、売れる直前の時代ですね。売れてない頃はあらゆることにトライしてたんでしょう」

「七年前ってまだ全然ＡＳＭＲとか流行ってないじゃん。流行の最先端をとらえてるじゃん」

「そういう才覚があったから、遅咲きとはいえ売れたんでしょうね」

「次郎丸くん、適当に喋ってない？」

そこで、再び出演者たちがどっと沸く声がスタジオに響いた。仁礼くんのＢ級ゴシップエピソードが今度はしっかり刺さったのだ。仁礼くんのB級エピソードは、「フードスタイリストに手を出した先輩芸人」の話。

「やば、もう二人ぶんのトーク終わってるじゃん」

「あと二人で、〈議論タイム〉ですね」

次郎丸くんの声が、心なしか硬くなる。そろそろ考えを固めておかないと——ここからの展開をどう進行して着地させるのか。放送を終えた後に、どう行動すべきか。

滝島さんがルーレットを止め、村崎くんが当たる。B級ゴシップ。

「俺のB級ゴシップは、こちらです……！」

村崎くんが少しだけ気まずそうな顔でフリップをめくる。そこには『滝島ライトさん　実は勇崎オフィスの力でこの番組のMCの仕事をGETしてる』と書かれていた。

「なんと。僕のエピソードですか」

滝島さんは特に動じた様子もなく、お手並み拝見とでも言うように顎を引いた。

「そうです。ゴシップはこの場にいる人の話でもOKということだったんで、ちょっと敢えてMCに嚙みつくのも面白いかなって」

挑戦的な言葉の割に、村崎くんは微妙に滝島さんから目線を外して、それ以外の出演者に向けて喋っている。トークが得意といってもあくまでバンドマンなので、こういうプロレス的な絡みは苦手なのだろう。

「滝島さんって、正直ここ三年の露出って、それ以前と比べると落ちてたと思うんですよ。レギュラーの本数も、三年前までは週八本とかあったのに、今はテレ東の深夜番組一本だけで。スタッフさんとの雑談で聞いたんですけど、本来この『ゴシップ人狼』も、これまではずっと滝島さんがMCやってましたけど今回から他の芸人に変える予定だったらしいんです」

滝島さんは表情を変えない。

「だけど、勇崎さんが今回この特番に出るってなって。その時の条件が、MCの滝島さんが続投すること、だったんですって」

ここで話し終わり、というように両手を広げてみせる村崎くん。だが目の前に滝島さん本人がいるのでリアクションが取りづらいのだろう、もち子ちゃんとバンビちゃんも曖昧に微笑むだけで明確なリアクションは取らなかった。

ただ一人——仁礼さんがそこで、「そういうことか」と呟いたのを、私は聞き逃さなかった。

思わず次郎丸くんの方を見る。

次郎丸くんが頷く。「気づいてくれたみたいですね」

仁礼 左馬

「そういうことか」

おれは思わず呟いてしまった。マイクに乗っちゃったかなとスタッフの顔を見るが、特に反応はない。

「僕自身が今のエピソードに関して嘘か本当かを言うとゲームにならないので、ノーコメントでいきますね。まあ唯一言えるとすれば、レギュラーがテレ東の深夜番組一本だけというのは本当ですね」

珍しく滝島さんが自虐のコメント。誰も笑わず、変な空気が流れる。いつものおれならこの空気に耐えられず何か意味のない発言をして間を埋めてしまいそうだが、今はそれどころじゃなかった。

思考をめぐらせる。五百万円という金額が目の前にちらついて集中が切れる。まだ分からないことも多い。死体が本物だったことをどう捉えればいいのかも分からない。もしかすると、精巧に死体に似せた人形か何かで、最後に元気な勇崎さんが登場したりするドッキリなんだろうか。制作の意図を読むのが難しすぎる。

だが——少なくとも誰が人狼なのか、誰が犯人なのかは見当がついた。殺人の動機だけはいまいち分からないけど、まだヒントも残ってるし、そこで分かる可能性が高い。

気まずい空気を笑い飛ばすように、バンビちゃんが「まあ今日の放送で名MCっぷりが伝われば、またレギュラー増えるっしょ」と無責任に言って、場はいったん落ち着いた。二ターン目最後、ルーレットがもち子ちゃんのC級ゴシップを示す。

おれは身構えた。もち子ちゃんのC級ゴシップのエピソード次第では、おれの考えが合っているかどうかのヒントが得られる。

「じゃあ、もち子のC級ゴシップはぁ——これです」

もち子ちゃんが裏返したフリップには、『勇崎さん、めっちゃ家族を大事にしてる』と書かれていた。

——やっぱり、そうだ。

「短いっていうか、もうほんとここに書いたとおりなんですけど。何か、勇崎さんって、意外と家庭を大事にしてるんですよ。家族のことを第一に考えてて、役者としての仕事で得られたものは、ぜーんぶ家族のために使うって決めてるらしいですよぉ。はい、以上です」

もち子ちゃんはそれだけ言うと、お茶を一口飲んだ。場に続きを待つような沈黙が降りたが、これ以上は何もありませんけど？　と言うかのようなとぼけ顔をしてみせる（かわいい）。

「いや、え？　終わり？」バンビちゃんが顔をしかめる。

「それってゴシップなの？　てかまた勇崎さんの話って――」

「さあ、ここからは二ターン目の〈議論タイム〉に入っていきます！」

村崎くんのガヤを、滝島さんがばっさり切る。

「このターンで追放されるのは一名。どなたを追放するか、ここで議論した後に投票してもらいます。また、もしも勇崎さん殺害の犯人が分かった方がいらっしゃいましたら、このタイミングで推理を披露してもらってもいいですよ」

「〈ヒントチャンス〉、使えますよね？」

他の出演者たちが口を開く前に、おれは手を挙げてそう尋ねた。

「もちろん。使いますか？」

「ちょっと、なんで勝手に進めてんの」バンビちゃんが不満顔を向けてくるが、無視した。

「ヒントチャンス、使います」

SEが鳴り、モニターに「ヒントチャンス！」のロゴとともに三枚のカードの絵柄が現れる。カードは一回目の時と同じく、右から順にドクロ、太陽、三角形のマークが入っていて、すでに開示されたドクロはグレーに塗られている。

どちらを選ぶべきか――ここは正直分からない。ドクロのカードが死体の検分というヒントだったことを考えると、太陽と三角形のマークにもそれぞれ意味があるのだろうと想像がつく。

「三角形で」なんとなく、太陽よりも無機的で幾何的なので、情報量が多そうな気がした。というか、よく考えたら太陽のカードは条件を満たすまで選べないんだった。

画面いっぱいにカードが拡大され、〝勇崎恭吾ドキュメンタリー〟という文字列が無機質なフォントで示された。

「というわけで、次のヒントは〝勇崎恭吾ドキュメンタリー〟です！　ここで被害者の勇崎恭吾さんの半生をぎゅっとまとめたＶＴＲがヒントとして与えられます！　犯人や動機を考えるヒントがあるかもしれません……それでは、ＶＴＲ、どうぞ」

滝島さんのＶ振りコメントの直後、中央のモニターに〝俳優　勇崎恭吾〟というタイトルが表示されたかと思うと、じんわりフェードアウトして消えた。


――演技で人々の心を動かしたい。その夢を叶え切るまで、三十余年。

いかにもドキュメンタリー、という感じのゆったりとしたナレーションで、映像は始まった。

「長かったよ。生きてる時間のうち半分以上は、売れねえ役者やってる時間だからな」

椅子にどっしり腰かけた勇崎さんのインタビューカット。局の屋上だろうか、空抜けをバックにしていて爽やかだ。

「ただ、諦めるって選択肢はなかったね。死ぬことよりも、役者やらずに生きることの方が怖かったからさ」

渋みのある低声。低い声というのはそれだけで説得力が増すよな、と思う。

そこでふたたびナレーションへ。

——高校を卒業すると、進学も就職もまったく視野に入れず、芸能事務所の門を叩き歩いた。幸運にも中堅の事務所に所属できた勇崎は、ここからスターへの道を駆け上がるんだ、という思いを胸に芸能界へ飛び込むが、現実はそう甘くはなかった。

——演技のレッスンを受けたこともなければ、舞台に立ったこともない。ただそこそこ顔が良かったことと声量があったというだけで事務所に採用された勇崎はあらゆるオーディションに落ち、最初の年に得られた仕事はエキストラ出演の数本のみ。当然生活していけないのでアルバイトで食いつなぐ。工場で延々と流れてくるメロンパンにクッキーを刺しながら、昨日見た映画のシーン一つ一つを反芻（はんすう）する日々。時給が高いか労働時間の都合がつきやすいバイトを転々としながら、気づけば三十年が過ぎていた。

その間に出演した作品が、再現イラストとともにぽんぽん表示される。その全てが明らかに端役と分かる役柄名だった。

すげえ苦労してたんだなぁ、とおれは感心した。芸人でも三十年バイトしながら続けてる人なんて、そう多くはないのに。役者なんて、芸人と比べものにならないくらい〝若さ〟が求められる仕事だ。

——三十年の間に、何人もの俳優がブレイクした。勇崎は売れていく俳優を画面越しに観ながら、きちんと嫉妬した。藤木直人や西島秀俊、竹野内豊、ムロツヨシ——そういった同世代の俳

優だけでなく、自分より十も二十も下の俳優がイケメンともてはやされながら主演を射とめるのを観る度に、〝いつかは俺も〟と胸をかきむしった。バイト先の居酒屋に局のプロデューサーが来たときには、その場でエチュードを演じて見せてオーディションに呼んでほしいと売り込んだりもした。

そこで勇崎さんのインタビューカットに移る。

「なりふり構っていられる状況じゃなかったんでね。何でもやりましたよ。演劇見に行って、演者じゃなくて演出家を出待ちして突撃したり。サスペンスで、殺されて冬のドブ川につき落とされる役も、落とすのは人形でいいって監督が言うのに敢えて自分から落ちたりして」遠い目。「がむしゃらだったね、とにかく。金はねえし、仕事もねえし。ただ、金がなくて飯食えなくても、歯だけはしっかりやってたよ。歯科、そう歯医者にはしっかり行ってた。歯が白くねえと芸能人じゃねえ、ってよく事務所の社長が言ってたんだよ」

勇崎さんがにっと笑う。その歯は本人の言うとおり、汚れのない白。

――それでも得られる仕事は端役ばかり。特になぜかサスペンスドラマの死体役が多く、よく腹をナイフで刺されて、汚い床に転がっていたという。

観客が数人しかいなそうな舞台に立つ勇崎さん、バラエティの再現ＶＴＲで芸人役をやる勇崎さん、バイト先で自分より若い社員に怒られている勇崎さんのキャプチャーが出る。

ぐっと胸を摑まれる。ここ数年のおれを見ているかのようだったから。

もっとも、おれと勇崎さんの立場は明確に異なる――おれは一度売れたことがある。だからこそもう一度やり直して、あの時の輝きを取り戻したいと思うし、取り戻すイメージもギリ持てる。

だが、勇崎さんは一度も売れないまま、ずっと自分の夢を信じ続けて努力し続けた――素直に、尊敬できる来歴だと思った。

――そんな勇崎を支えたのが、二十代のときに結婚した、華さんだった。アルバイト先の居酒屋で出会い、交際を始めた。売れない時代ずっと自分も働きに出て家計を支え、勇崎が弱音を吐く度に励まし、なんとか知人のツテをたどってオーディションを受けさせてもらえないかと力を尽くし続けたのだ。

勇崎華さん、というテロップとともに奥さんの映像が出るが、本人出演ではなく再現VTRだった。顔出ししていないということだ。芸能人の家族にたまにいる、自分も出たがるタイプではないらしい。

――そんな奥さんの内助の功もあり、勇崎は芸能人生で初めて、大きなオーディションに合格し、人気漫画を原作とする映画への出演を果たす。難病を抱える主人公の父親役で、無口な頑固親父。台詞量が少ない分、表情で魅せる演技を要求される難役だったが勇崎はこれを好演。さらに、勇崎扮する頑固親父が娘を笑わせるために上半身裸で漫談をしてみせるシーンの切り抜きがSNSで話題を呼び、〝上裸漫談お父さん〟として認知を広げる。勇崎恭吾、芸歴二十六年目。四十四歳で世に見つかる。

勇崎さんが漫談をしているシーンが、イラストや再現Vなどではなく本家の映像で挿入されている。そういえば、このシーン見たことあるかも。これ勇崎さんだったんだ。

――そうして、色物として世に出た勇崎だったが、この一年後に朝ドラのオーディションに合格。ヒロインの父親役として世間に強く印象を残した。それまでに演技の鍛錬は十分過ぎるほど

重ねていた上、売れていない時代が長いこともあって演者・裏方を問わず腰が低く、スタッフの評価も高い。翌年の大河出演により、その評価を盤石にした。

「ここまでこれたのは家族のおかげだよ。そこは飾らずに言える。あのオーディションも、華がコネつないで無理矢理受けさせてもらったやつだしな。華には、苦労かけたよ」

最後はやわらかい表情でそう語る勇崎さんのカット。これで締めということだろう、短くまとめつつも、勇崎さんが遅咲きブレイクを果たすまでの道のりがよく伝わってくるＶＴＲだ——と拍手しかけたところで、インタビュアーが勇崎さんにタブレットを差し出した。

「こちら、ご覧いただけますか？」

「何だ？　映像か？」

——勇崎に、とある映像を見せた。極秘で入手したものだ。

ナレーションとともに、勇崎さんが手にしたタブレットの映像が画面に映る。防犯カメラのような粗さで、一組の男女が観光地らしき道を歩いている姿を正面方向から捉えた映像だった。二人とも帽子とサングラスで人相を隠しているが、男性の方はその体格と何となくの雰囲気で勇崎さんだと分かる。女性の方はマスクまでしているので人相はか分からないが、黒髪だった。二人はそのまま旅館らしき建物へと消えていった。

再び映像が切り替わる。住宅地らしき場所で、またもや勇崎さんと女性が手をつないで歩いている。周囲の住宅や看板にはすべて強めのモザイクがかけられていて、場所は判然としない。女性は左手で前髪を直すような仕草をしているので顔が隠れ気味だが、今度はマスクをしていないのでなんとなく若そうだな、というくらいの顔立ちは分かる。二人はモザイクの中へ——どこかしらのマンションへと消えていった。

「この男性って、勇崎さんですよね？　この女性はどなたですか？」

インタビュアーの問いかけに、勇崎さんはふっとろうそくの火を消すように息を吐いて、

「知らねぇなあ」

「でも、これってどうみても」

「インタビューは終わりだ」

勇崎さんの手がカメラのレンズを覆う。がさごそ、という荒いノイズとともに映像が切れる。

ＶＴＲの終了。

やっぱり、い、い、い、思った通りだ。これで、犯人がなぜ勇崎さんを殺したのか、動機も語れる。

「――はい、というわけで」

Ｖ明けすぐに、滝島さんが引き取る。

「被害者の勇崎さんの半生と最新情報がまとめられていましたね。初めて見る情報もあったんじゃないでしょうか。そして、あの謎の密会現場はいったい何だったのか……？」

おれはちらりとバンビちゃんの顔を盗み見たが、タイミング悪くうつむいていてよく見えない。準備は、できているのだろうか。

「さあ、それでは〈議論タイム〉へと移っていきます――」

ここでいく。他の出演者が気づく前に、おれがいく。

おれは覚悟を表明する意味もこめて、手を挙げた。視線が一気に集まるのが、刺さるかのように分かる。

「いいですか、滝島さん」

「どうしました、仁礼くん？」

「おれ、分かったかもしれないです」

刺さる視線が太くなったみたいに、全員の関心がおれに注がれるのが分かる。緊張しないと言えば嘘になる。だが——高揚しないと言っても嘘になる。

ちらりと滝島さんを見る。滝島さんは目を大きく開いて小さく頷いてくれた。

「この事件の犯人が、誰なのか」

お前が？　というスタジオの空気を切り裂くように、

「きました、なんと仁礼くんがこの事件の犯人を突き止めたとのことです！　ここで仁礼くんが名探偵として犯人を当てられるのか、はたまた皆目見当違いな推理をしてしまうのか？　気になる仁礼くんの推理は——」

滝島さんがクレッシェンドで引っ張り、ひと呼吸の間を置く。真空が生まれたかのような静けさを挟んで、

「ＣＭのあとで披露してもらいます！」

京極　バンビ

「ＣＭのあとで披露してもらいます！」

全身にぐっと力が入っていたのが、ゆっくりと溶けてほぐれていく。なんだ、ＣＭ挟むのかよ。

どうせだったら一気に行ってほしかったが仕方ない。けど大丈夫か、やらせとか疑われない？

「ＣＭ尺六十秒でーす。ＣＭ明けはこれまでの展開のダイジェストＶＴＲ六十秒、Ｖ明けから仁礼さんの推理入ります」

　流石に出演者同士で話す感じにはならない。水を少しだけ口に含んで湿らせる。噛んだりしたら台なしだし。

　ちらりとフロアを見ると、幸良Ｐがスタジオを出るところだった。え、このタイミングでＰ不在？　と若干不安になるが、考えても仕方ないことなので一瞬で脳から追い出し、やるべきことに集中する。台本通りに読むべき台詞と、アドリブで対応すべき台詞を頭の中で分けて、アドリブの方はパターンを分類しつつ、頭の中で諳(そら)んじる。

　と、そこで次郎丸ＡＤが再びマイクを直しにきた。そんなにあたしのマイクの位置気になる？　と思いつつも応じていると、マイクを手で覆いながら私にだけかすかに聞き取れるか聞き取れないかの声量で「幸良Ｐからの伝言で、多少推理の内容が違っても、予定通り演技してもらってＯＫとのことです」とささやかれた。

　それを伝えに来たのか。確かに、カンペ出すわけにもいかないしＡＤがマイク直すフリして連絡しにくるしか伝える方法はないよな、と納得する。あたしは小さく頷いた。

「幸良さん、どっか行ってましたけど、お手洗いとかですかね？」ひそひそ。

「ここからは副調整室(サブ)で見るらしいです」

　簡潔な答え。なるほど、確かにそもそもプロデューサーとか演出ってだいたいフロアじゃなくて副調整室にいるよな。途中で場所を変えるタイプは初めてだけど、まあちゃんと見てくれるならいい。プロデューサーと名のつく人間には全員、あたしの芝居を見せておきたい。一見関係なさそうな人間からのバタフライエフェクトで仕事が生まれがちなのがこの業界だ。

次郎丸ＡＤはマイクを直し終えました、という感じであたしのもとを離れると、フロアへ戻っていった。

そこで、タイムキーパーの女の子の高らかな声が響く。

「ＣＭ明け十（とお）秒前！　九、八、七、六、五秒前、四、三」

音声が入らないように二、一は指だけでカウント。いよいよ。

「さあ、『ゴシップ人狼２０２４秋』、いよいよ大詰めとなってまいりました。現在、市原野球さんと清水可奈さんが追放され、残りは四名。果たして誰が人狼なのか、そして何より――誰が勇崎恭吾さんを殺害したのか。ここで振り返りＶＴＲを見ていきましょう」

ここまでのダイジェストＶＴＲが流れる。ＳＮＳ用の予告Ｖ、六人のトーク内容、恭吾くんの死亡ＶＴＲ、死体検分シーン、勇崎恭吾ドキュメンタリー。うまくつまんで、ここまで見ていなかった人でも何となく何が起きたのかの雰囲気は理解させられる内容。結婚式のエンドロールみたいな速攻編集。生放送特番だとたまにあるけど、編集する人大変だろうなぁ。

ダイジェストＶＴＲが明けると、滝島がワンショットで抜かれる。

「さあ、ご覧の通りここまでなかなか盛りだくさんでしたが――それでは、仁礼くん」

滝島が顎を引きながら仁礼に顔を向ける。仁礼は思いのほか粒立てて振られたことで焦ったのか、額に汗を浮かべながら、

「いや、ここまで盛り上げられると外れてたときマジでヤバいですって。もっとさらっといける

もんだと思ってました」

「正直、CM中とダイジェストV中ずーっと、これ仁礼くんが全然的外れな推理してきたらどうしようって僕も思ってました」

「いや、滝島さんは信じてくださいよ！」

かったるいやりとり。

「じゃあ、そんな仁礼くんに、お願いしましょう」

「うわー、やりづらいな。じゃあまず――」

「いや、ちょっと仁礼くん。そんなぬるっと始められても困っちゃうよ」

滝島が仁礼を遮って笑った。

「今から仁礼くんは名探偵なんだから、名探偵っぽさを出してもらわないと」

「名探偵っぽさ」

「台詞、あるでしょ。探偵もののドラマとかの、お決まりのやつ」

仁礼は頭に手を当てて「うわー、嫌だなー」と漏らした。いいから早くしろよ、引き伸ばせば伸ばすほどハードル上がるぞ。こういうのは一秒以上間をあけずに速攻で返していかないとグダるんだよ、バラエティは瞬発力の競技だろーが。

仁礼は覚悟を決めた、というように顔を上げた。カメラが仁礼ワンショットを抜く。

「犯人は、この中にいる」

でででん、というSE。しゃらくせえな。苛々しつつも、あたしは周りの演者にばれないようにこっそり深く息を吸って、心を落ち着かせた。

「仁礼くんが勇崎さんを殺害した犯人、その証拠、さらに動機を当てることができれば推理成立、賞金二百五十万円を差し上げます。もしＶＴＲを出す必要があるときは言って下さい、このＣＭ中にスタッフが準備してくれてますのでね、手際よく映像を出してくれると思います。それでは――仁礼探偵、どうぞ」

滝島のしっかりしたフリに合わせて、仁礼にピンスポが当たる。

「じゃあ」仁礼がピンスポに若干ひるむような顔をしつつも、思いのほか堂々と語り出す。「勇崎さん殺人事件の犯人についてですが、いくつか手がかりがありました。まず、犯人を絞る上での手がかりが、犯行時刻。勇崎さんのＶＴＲに映り込んでいたお昼の情報番組のことを考えると、犯行時刻は十三時から十四時の間になります。犯人がこの中にいるとしたとき、その時間に楽屋で犯行が可能な人物は誰か？」

ちゃんとした着目点。良かった、こいつはちゃんと気づいてる。あたしは少しだけ安心しつつも、顔は硬くキープ。

「ここで情報を得られるのが、えっとそうですね、もしご覧になられてない視聴者の方がいたらお手元のスマートフォンで各種ＳＮＳをチェックしてもらいたいんですけど、この『ゴシップ人狼２０２４秋』の告知用動画を撮ってるんですね。ほんと、番組始まる数十分前くらいに。こんなギリギリで撮ることあるんだなって不思議に思ってたんですけど、そこにヒントが仕込まれてたんです」

回りくどい喋りは苛つくが、論理展開は理想通りだ。ここで変に外されるとこっちのスタンスも難しくなる。このまましっかりあたしを犯人だと言い当ててくれ。

「一人ずつ告知動画を撮っていったんですけど、ディレクターさんが全員に『今日は何時入りですか?』って、入り時間を訊いてきてたんです。僕を含めて全員、十七時とかに局に入ってメイクしてました。村崎くんなんてお昼にレコーディングやってから来てましたし」

「確かに、やたら入り時間訊かれるなー、って思ってた」もち子の相槌。

「ただし、この中に一人、僕らよりずっと早く局に入っていた人物がいます」

「その一人って……」村崎の合いの手。あたしにわざとらしく目線を送ってくる。

「そう、バンビちゃんです。バンビちゃんは告知動画の中で、朝からずっと収録でこの局にいたと言っています。ずっと収録っていっても、番組と番組の合間の空き時間はあっただろうし、その時間を使って勇崎さんの楽屋に行くくらいは簡単にできる。この中で犯行時刻にフリーだったのは、バンビちゃんだけなんです」

　ここで一言入れるべきか? 　あたしは一瞬だけ逡巡したのち、短く「そんなの、何の証拠にもならないっしょ」といつも通りの〝京極バンビ〟のトーンで言った。この後の演技を引き立たせるためには、まだなるべくギャルタレントのままでいる必要がある。

　茶番ともとられかねない〝バラエティの中での演技〟で演技力を印象づけるためにどうするか、ずっと考えていた。半端に小器用な演技をしたところで、見てる側が恥ずかしくなっちゃうみたいな変な浮き方をするだけだ。やるなら徹底的に、カメラ越しにでも伝わる分かりやすい爆弾的な芝居をしたい。

　分かりやすさとはすなわち落差だ。緊張状態から緩和へと転じることで笑いが生まれるように、あらゆる恋愛漫画が嫌なやつを好きになる過程を描くように、原点からの距離に人は魅せられる。

だからあたしはなるべく〝普段通りの京極バンビ〟をギリギリまでやって、そこから豹変することで距離を出す。ギャルの風貌からシャープなコメントをするというギャップでTVに出るようになったあたしを、象徴する演技プラン。

「そう、これだけじゃまだ弱い。犯人がバンビちゃんだって断定するなら、なんとなく収まり的なところも踏まえてあと二つくらいは根拠がほしい」

あたしは無言で肩をすくめた。聞くだけ聞くわ、というジェスチャー。

「で、あと二つの根拠なんですけど、その前に……勇崎さんのVTR出ますか？　死体発見するやつ」

「VTRお願いします」

すでにスタンバイしてあるのだろう、程なくしてモニターに最初のインタビュー映像が映る。ナイフが左から刺さっていることを示すのだろう。こいつ、あんだけめちゃくちゃなことしといて推理はばっちりできるって、どういう脳の使い方してんだ。

「あ、ここで止めて下さい」

しばらく倍速で進んだ映像が、死体発見のシーンでストップする。そうそう、ここここ。あたしは心の中で腕組みして頷いた。

「二つ目の根拠――は、ちょっと正直いちばん自信ないんですけど、この勇崎さんの死体のポーズ、気になりません？」

お、そこもちゃんと押さえてるか。あたしは安心しつつ、硬い顔を保つ。

「ポーズって、この口に指突っ込んでるとこですか？」村崎の問い。

「そう。人が死ぬときに、口に指を突っ込むとは思えない。だからおれは、これが何かの表現──ダイイングメッセージなんじゃないかと考えた」

「は？　どういうこと？」そう、そういうことだよ。

「指を口に突っ込んでるんですけど、厳密には人差し指で歯を指してるようにも見えるんです。歯から連想される言葉……歯ブラシ、歯車、歯ごたえ、虫歯──歯医者。歯科……動物の鹿」言いながら恥ずかしいのか、声がどんどん小さくなっていく。「鹿……バンビ」

「え、もしかして」

「勇崎さんは死の淵でなんとか犯人の名前を残そうとした。だけど筆記用具もペンもない、何とかバンビちゃんの名前を表現できないか──そう考えて、苦肉の策として、歯科、鹿、バンビ、という連想ゲームに頼った」

「いやいやいやいや」もち子と村崎が同時に手を振る。「さすがに強引すぎるって」

仁礼は「いやおれもこれがすごいエレガントなロジックだとは思ってないんだけど」と言い訳しながら、

「けど、さっきの勇崎さんドキュメンタリーVTRの中でも、なんか唐突に〝歯科〟ってワードがでてきてたんだよね。それも含めてヒントVTRだったんだと思う。とにかく、二つ目の根拠はダイイングメッセージ」

「くだらな」

あたしは内心で仁礼を見直していた。ちゃんとVTRで歯科のワードを出してたとこまでキャッチしてるなんて。意外と見込みあるよ、お前。

だが、仁礼の次の言葉はあたしの理想も予想を大きく外れていた。

「そんでもって、三つ目の根拠に行く前に——これ、そもそも刺殺じゃないんですよ」

誰かが唾を飲む音が聞こえた。一拍遅れて、それが自分の喉から鳴っていることに気づく。

「勇崎さんの本当の死因は一酸化炭素中毒です」

——こいつは、何を言ってるんだ？

想像していなかった単語に、身体が危険信号を発していた。脇のあたりが熱くなり、何かとてつもなくまずいことが起き始めているのでは？　という懸念がキムチ鍋をひっくり返したカーペットのようにじんわり侵食してくる。

「えーっと、どうしてそう思ったんですかぁ？」もち子の問い——当然の。

「死斑（しはん）が赤い——鮮紅色（せんこうしょく）だったんですよ」

場にしん、と静寂が満ちる。仁礼の口にした聞き慣れない単語は、それでいてなぜか耳を傾けてしまう説得力を持っていた。

「中毒系の死因って特定しづらいんですけど、一酸化炭素中毒だとヘモグロビンと一酸化炭素が結合してこうなるから判別しやすいんですよ。ナイフの方はあからさまにチープな血糊の感じだったから、フェイクってことで進めていいんだろうと思って。だから、ナイフはどうでもよくて、一酸化炭素中毒で殺せる人を絞り込んでいく方がいいのかなって」

死斑？　何の話をしているんだこいつは。

何を勘違いしたのか知らないが、そんな専門知識が必要なものを手がかりとして番組側が用意するわけないことくらい分かれ。だいたい一酸化炭素中毒なんて、バラエティ内の寸劇で使う死因としては生々しすぎる。もっと刺殺とか毒殺とかいかにもミステリーっぽい死因にするに決まってるだろ。それともそんなの分かった上で、適当なことを言って爪痕を残しにいってるのか？

だが、仁礼の発言には不思議とそういった功名心のような色は見えなかった。むしろ、言わない方がいいのか迷いながら、恐る恐る確かめているような声色に思える。

混乱が加速する。

「いや、そもそもなんでそんな詳しいんですか仁礼さん。意外とミステリマニアだったんですか？」村崎の問い。仁礼が実は仕掛け人であることを疑うようなまなざしだった。こいつも困惑している。もち子も似たような表情。

仁礼は逡巡するような顔を見せたのち、出演者を見回して、ため息をついた。

「うーん……これもし三ターン目にC級ゴシップがきたら話そうと思ってたやつなんだけどな。仕方ないか」

「何を言って――」

「おれ、医師免許持ってるんですよ。だから、一酸化炭素中毒死体の特徴くらい分かります」

あたしは思わず「は？」と声に出していた。この放送で初の、無意識に出てしまったリアクション。

「え、マジの医師免許？　そういうネタとかではなく？」

滝島も素で驚いているようだった。

「マジの医師免許です」

「いつの間に取ったの」間抜けとも思える、滝島の質問。

「元々医学部生だったんですよ。昔から、記憶力だけは良くて、勉強そこそこできるんです」

あたしは呆然としたまま、仁礼の語りを聞くことしかできなかった。

「五年生の時に休学して芸人デビューしたら、その年にいきなり売れて、でもすぐに飽きられて一発屋の枠に入っちゃって。もう一回、リズムネタ封印してやり直したいってなったときに、国試受かってからそれひっさげてまた売れたらめっちゃ面白いじゃんって考えたんですよ。東大出身とか、現役弁護士の芸人はいるけど、医師免許もってる芸人ってかなり珍しいし。医師免許ってでかい賞状みたいなやつしかないんですけど、代わりに医師資格証ってのがあって――」

仁礼ががさごそとポケットをまさぐり、一枚のカードを取り出した。モニターを見ると、すかさずカメラがズームインして、「医師資格証」と書かれたカードを捉えていた。仁礼の顔写真と、あまり見慣れない苗字の本名や生年月日が載っている。お前、苗字も芸名だったのかよ。

「ね、本当でしょ?」仁礼が自信に満ちた顔で言う。なんか急に賢く見えてくる。

あたしは冷静になれ冷静になれと自分に言い聞かせながら、こいつが医師の資格をもっているという事実を受け入れて思考を巡らせ始めた。

まず、こいつの言っている一酸化炭素中毒という死因はあたしの台本には一切ない。恭吾くんはナイフで刺されて死んだ、そのナイフの向きから考えて左利きのあたしが犯人――それだけの話だったはずだ。

頭の中で場合分けする。こいつの推理がただの勘違いなのか、当たってるのか。当たってるとしたら――どういうことなのか。

だが、結論はでない。とにかくもう少し泳がせながら、あらゆる可能性を想定して動き方を考えないといけない。

「てゆーか、それで一酸化炭素中毒だったら何なんですかぁ？」

もち子が投げかける。

「一酸化炭素中毒という視点で考えると、あの映像のなかに気になる点があります。映像を少し戻してもらえますか、十秒くらい——ありがとうございます。そう、ここです」

映像はディレクターが楽屋に入った瞬間で止まっている。入口から正面を映す映像——窓があるせいで若干逆光気味。

「何も映ってないような……」

「窓に注目して下さい」仁礼が言った。「逆光なので目立たないですけど、窓に白のガムテープで目張りがされている」

あたしは改めて画面を凝視した。確かに、窓枠に沿うように、テープらしきものがぴったりと貼り付けられている。まるで、空気が逃げるのを恐れるように。

「犯人はおそらく、何らかの方法で勇崎さんを眠らせ、部屋を目張りして一酸化炭素の発生源を置き、部屋を出た。一酸化炭素の濃度にもよりますけど、楽屋は見た感じそこまで広くもないし、数十分程度で死亡させられたんじゃないかと思います」

「それで、バンビちゃんが犯人って根拠は？」村崎が苛立たしげに問う。仁礼は動じず、

「覚えてます？　序盤にあった、バンビちゃんの袖にバミリテープがついてたってくだり」

村崎ともち子が目を見開いた。仁礼が、自分の言いたいことが伝わったことに満足するように、うなずいた。

「あれ、白バミテでしたよね。この窓の目張り用に使ったテープが、何かの拍子に袖についてたと考えるとつじつまが合う」

いや、合わねーよ。

今にも口から飛び出しそうな抗議の言をぐっとこらえて、今何が起きているのかを整理する。

確かに、おかしいところはある。窓の目張りもだし、よく考えると恭吾くんクラスにあんな狭い楽屋をあてがうのもおかしい。この一酸化炭素中毒シナリオのためだと考えると合点がいきはする。仁礼が完全に皆目見当違いな推理をしているという線は薄い。

だとしたら考えられる可能性は二つ――あたしの知らないうちにシナリオが変更になったか、あたしがドッキリにハメられてるか。どっちにしても、元々予定していた流れではない。

そこで、ＣＭ中の次郎丸ＡＤの言葉が蘇ってくる――〝幸良Ｐからの伝言で、多少推理の内容が違っても、予定通り演技してもらってＯＫです〟。

あの言葉を素直に受け止めれば、シナリオ変更だったとしても、ドッキリだったとしても、あたしがすべきパフォーマンスは元々予定していた通りに犯人役を演じること。ドッキリだったらその後何かネタばらし的なのが来るはずなので、そこで初めてリアクションをとればいい。

方針が決まった。

「予告動画とバミテ一切れで犯人扱いって、マジで笑ける」あたしは普段の京極バンビトーンを維持して、仁礼を煽りつつ推理ショーの動線を引いてやる。

「だいたいさ、動機は？　勇崎さんは前の事務所でくすぶってたあたしを拾ってくれてがっつり売ってくれた恩人ですから。それでいて別に普段は事務所社長といちタレントの関係でしかないから、接点もそんなにないし。動機がマジでない」

「動機はあります」仁礼の断言。

「何でそんな自信満々に言い切れるんですか」

「いや、すみません。正直、動機の全てが分かったわけではないんですけど」頭をかきながら。

「その前に、滝島さん」

「？　何でしょう？」

「ここで、誰が人狼なのかも当てちゃっていいですか？」

「もし、当てられるのなら」

仁礼が、出演者一人一人に視線を送るように首を回した。

「人狼は——おれ以外全員、でしょ？」

息をぐっと吸う音が、村崎ともち子から聞こえた気がした。

甲斐朝奈

《人狼は——おれ以外全員、でしょ？》
芸人さん——名探偵仁礼の発言に、わたしは思わず「えっ」とこぼしていた。小羽石さんにというより、テレビに向けて喋りかけるように。
「えっえっ、どういうこと？」
わたしの反応に、小羽石さんは嬉しそうに笑って、子どもの頃はそんな風に、画面に向かって叫んだり文句言ったりしてたよなぁと呟いた。

わたしは混乱しながらも、どこかわくわくしながら、名探偵・仁礼の言葉を待った。

《おれだけが村人。バンビちゃん、市原さん、清水さん、村崎くん、もち子ちゃんは全員人狼なんでしょ?》

「面白いこと考えるよなぁ」

小羽石さんの呟き。わたしは「いつから気づいてたんですか」と訊いた。

「まあ、このちょっと前にね。材料は揃ってたから」

画面の中では、村崎さんももち子ちゃんも――バンビちゃんも。

みんなどういう顔を作ればいいか迷っているかのように固まっていた。

6章　ここでゲストから素敵なおしらせです！

仁礼左馬

「おれだけが村人。バンビちゃん、市原さん、清水さん、村崎くん、もち子ちゃんは全員人狼なんでしょ？」

　おれは素早く全員の表情に目を配った。単純に、どんな反応をするのか興味があったからだ。みんな一様に、それぞれの出方をうかがっているみたいで、まったく動かない。

「全員が嘘つき。そうですよね、みなさん？」

「どうしてそう思うんですかぁ？　もち子は村人ですよ」もち子ちゃんが首をかしげて手を頰にあてる可愛らしいポーズ。わざとらしすぎるし、ある意味自白のような行動だった。

「まず、村崎くんが人狼なのは確定。これは、二ターン目のトークで分かりました。滝島さんが勇崎さんの口添えでこの特番に出るなんてありえない。だって、滝島さんは勇崎さんを共演ＮＧ

にしてたんで」

滝島さんと飲んだとき、ぐでぐでに酔っ払った四軒目くらいの店で何度も繰り返していた——勇崎恭吾とだけは、同じ板の上に立ちたくないね。

「そうですよね、滝島さん」

おれは滝島さんの方へぶん、と首を回した。滝島さんは一瞬だけ迷った後、まあ別に話してもいいか、というようなトーンで、

「いや、共演NGというか……勇崎さんが出る番組には出ません、ってマネージャーに伝えてるだけやけど」

「いや、それを共演NGって言うんですよ！」

おれの軽快なつっこみは宙に吸いこまれて消えていった。

「とにかく、村崎くんの話が嘘だってことはすぐに分かりました」

滝島さんは勇崎さんのことを本気で避けていた。だからこそこのゴシップ人狼の仕事は意外だったが、勇崎さんが死体役としてしか登場しないということでOKにしたのだろう。

「なので、おれ視点では村崎くんは人狼確定。ただ、村崎くんは勇崎さん殺害の犯人じゃない。村崎くんは犯行時刻にレコーディングをしていたので犯行は不可能。そうなると、犯人は村人ってことになるなって思ったんです。でも、それはおかしい」

「おかしい、というと？」滝島さんの合いの手。

「だって、そうだとしたら矛盾するんです。みなさん、いちばん最初——勇崎さんが殺されたことが分かった直後に、おれが質問したの覚えてます？『この中に犯人がいるんですか？ 誰で

くる。

たんです。でも、この中に犯人がいる以上、誰かが嘘をついてるってことになる」

「そう、あの時皆さん、おれも含めてそれぞれ〝自分は犯人じゃない〟ってはっきり答えられて

「そりゃそうだ」もち子ちゃんのうなずき。「それが？」

盾する。犯人なのに『私は犯人じゃない』って言っちゃったら、明確に嘘だし」

「もし犯人が〈村人〉だったら、〝村人は番組中に絶対嘘を話してはいけない〟ってルールと矛

おれはちゃんと伝わっているか、共演者の顔を見ながらゆっくりと続ける。

「だから、あの時点で犯人が人狼なのは確定。村崎くんが人狼で、村崎くんが犯人じゃない以上、人狼は二人以上いると分かる」

「いや、そもそも人狼は一人って滝島さんが明言してたでしょ」

村崎くんがそう反論してくるが、どこか力がない。本人も混乱しているのが分かる。

「その反応で分かったけど、村崎くんももち子ちゃんもバンビちゃんも、他の全員が人狼ってことは知らされてなかったみたいですね。最初、僕だけをハメるドッキリなのかと思ったけど、そうじゃなくて〈語り手〉全員が騙されてたんだ」

「いやだから、ルール説明のときに人狼は一人だって——」

「おれ、記憶力だけはいいんで覚えてるんですけど……滝島さんは〝人狼〟って単語と〝裏切り者〟って単語を使い分けてたんですよ」

村崎くんももち子ちゃんも、ピンときてない顔。バンビちゃんは顔を伏せている。滝島さんだけが口元を押さえておれの推理の続きを待っている。

「滝島さんの説明、そのまま読み上げましょうか。〝皆さんのトークが一巡するごとに〈議論タイム〉となります。文字通り皆さんで誰が嘘のトークをしているのかを議論してもらい、時間になったら、お手元のボタンで投票してもらいます。票数が最も多かった方は村から追放され、ゲームから脱落してしまいます。たった一人、この村に紛れ込んでいる裏切り者を暴いて追放することができればゲームクリア〟」

「……さすがの記憶力やな。そら医学部通るわけや」

ぼそり、と滝島さんが感心するようにこぼした。マイクにギリ乗らない声量。

おれはちゃんと他の出演者にも、視聴者にも分かりやすい説明を心がけて言葉を選ぶ——何しろこれは生放送で、テロップによるフォローはほぼないのだから。

「〝裏切り者〟を追放することができればゲームクリア……この説明を聞いたとき、なんで〝人狼〟じゃなくて〝裏切り者〟って言うんだろうって疑問に思ってたんです。人狼って言った方が絶対分かりやすい。ならそこには絶対に意味がある」

おれは全員が説明を飲み込めるよう、ゆっくりと続ける。

「今思えば、滝島さんの説明の冒頭——〝人狼村〟へようこそ、って言ってますよね。おれ、この特番出れるの決まってから過去の放送回ぜんぶ見たんで分かるんですけど、これ、今までの放送では、言ってなかったんですよ。『人狼村』っていう表現は、今回だけ」

前回以前の回はいっつも「人狼ゲームの館へようこそ」みたいな導入だった。

「今回のこのセットは、前回までのゴシップ人狼とは違って人狼の村なんです。そこに紛れ込んだ村人のおれが、逆に裏切り者ってことだった。皆さんのゲームの勝利条件はおれを追放することで、おれの勝利条件は最後まで生き残ること」

「待って下さいよ。別に、人狼が二人いるだけって可能性もあるでしょ？　何で全員が人狼って……あ」

村崎くんが質問しながら、自分自身で解答に至ったらしい。おれはうなずいた。

「そう。〝たった一人、この村に紛れ込んでいる裏切り者を暴いて追放することができればゲームクリア〟――この言葉がある以上、裏切り者は一人だけ。あり得るパターンは〝人狼一人と村人五人〟か、〝人狼五人と村人一人〟の二択。前者があり得ない以上、後者が答えになる」

おれの推理を飲み込むように、少しだけ沈黙があった。だがすぐに、二人のため息が響く。

「そういうことかよ……確かに、いきなり前日に台本変更って言われた時点でおかしいって思ってたわ。嘘エピソード覚えるの、めちゃくちゃキツかったんすよ」村崎くんの合点。

「そうですよ、最初に打ち合わせしたときは村人役って言われてたから気楽に構えてたんですよぉ。いきなり人狼やれって言われてマジ、昨日眠れなかったんだから」もち子ちゃんの不平。

なるほど、直前に役職変更の連絡があったのか。それはかなり負担が大きかっただろう。

「市原さんと清水さんは、自分たちが追放されてもゲームが続いてるのを見て裏でかなり驚いたでしょうね。人狼が追放されたのに、って」

「確かに」「ゲーム続いて、びっくりしただろうなぁ」

村崎くんともち子ちゃんが、人狼のプレッシャーから解放されたようにリラックスしてコメントしているのをよそに、緊張感を保ったままバンビちゃんがおれに問いかけてくる。

「それで、仮に仁礼さんの推理通り、全員が人狼だったら何なんすか？」

おれが話しやすいように誘導してくれてる感じがする。やっぱり場数が違う。おれは素直にその誘導に乗ることにした。

「おれ以外の全員のエピソードが嘘ってことが確定したので、いくつかあった勇崎さんのエピソードが嘘だということが分かります。すみません、いま、トーク内容のまとめって出せますか？」

おれの要求を予想していたのか、すぐにモニターにトークのまとめが出てくる。

●一ターン目
バンビ：俳優K、モデル・MARINにイタすぎる告白
村崎：ファンに全財産持ち逃げされたバンドマンM
清水：勇崎恭吾さん、ここ数年一度も法を犯してない
市原：勇崎恭吾さん、現在週刊誌に握られてるスキャンダルなし
もち子：吊り橋効果セクハラの某番組ディレクター
仁礼：大喜利でスベって奢ってくれなかったリスキーダイス哀川

●二ターン目
バンビ：年齢サバ読んでるのを忘れてインタビューに答える女優S
仁礼：フードスタイリストに手を出した芸人A

村崎：滝島さん、勇崎さんの口添えでＭＣ継続
もち子：勇崎恭吾さん、家族を大事にしている

「一ターン目の清水さんと市原さん、二ターン目の村崎くんともち子ちゃんが勇崎さん関連のゴシップですけど、全員人狼なのでどのエピソードも嘘だってことになる。たとえば清水さんのエピソード〝**勇崎恭吾さん、ここ数年一度も法を犯してない**〟が嘘だとすると、そこから〝**勇崎恭吾さん、ここ数年で一度は法を犯している**〟が真実だということになるんです」

「そうじゃん」「これが嘘だったら怖すぎるって言ってたやつ」

「そう、一ターン目の〈議論タイム〉の時にも話に挙がりましたよね。同じように他のエピソードも嘘だとすると……市原さんともち子ちゃんのエピソードも合わせて考えれば、勇崎さんはここ数年で一度は法を犯していて、週刊誌にスキャンダルを握られていて、家族を大事にしていない、ってことになる」

「ひどすぎる」村崎くんが笑う。

「そう、ひどすぎる。けど、この三つを考えてみると、芸能界のスキャンダルで一番ポピュラーとも言える二文字の単語が浮かんできませんか？」

おれはバンビちゃんの方を向いた。

「勇崎さんは、バンビちゃんと不倫してる。その不倫関係のもつれが動機。違いますか？」

バンビちゃんはうつむいている。走り出すための筋肉を引き絞っているかのように。

幸良 涙花

《勇崎さんは、バンビちゃんと不倫してる。その不倫関係のもつれが動機。違いますか？》

私は、フロアから副調整室までの二階分の階段（うちのスタジオは天井が高いので、階段が長いのだ）を駆け上がってばくばく言っている心臓を落ち着かせようと深呼吸しながら、仁礼さんの推理を聞いていた。

すごいな、と思った。

最初、勇崎さんの胸元にあった〝新台本〟を見たとき、面白いと同時に流石にこれは成功させられないだろうと思っていた。いくら仁礼さんの記憶力がすごくて医学部出身だからって（医学部卒だとは知ってたけど医師免許を持ってるとは知らなかった）、この推理を本番中に導けるとは思えなかったのだ。

だが、結果として仁礼さんは、制作側の要求にばっちり応えてくれた。用意されたシナリオ通りに、自分以外の〈語り手〉が人狼であることに気づき、勇崎さんが不倫をしていたという事実に辿り着き、バンビちゃんが犯人だと当てた。

私は空いている椅子に腰かけた。副調整室——無数のモニターとミキサーなどの機材が並ぶ、映像処理の最前線。いつも冷房をガンガン効かせているので寒い印象があるが、今の私には適温だった——身体が熱を帯びているもので。

副調整室（サブ）を任せていたディレクターの鈴木ちゃんがスイッチャーさんに指示を出していた。

「バンビちゃんのワンショット抜いて下さい。てか、あれ？　いつのまに幸良さんこっちに来たんですか。フロアは？」

　私は小声で「ちょっと、こっちでＶ出しの指示することにしたから。ＶＴＲ以外の指示は引き続きお願い」とだけ伝えた。

　フロアの指示はインカムでフロアＤの子に出し、死体に関しては次郎丸くんに任せる。ここからは、そのスタイルで仕切ることにした。次郎丸くんに副調整室へ上がると伝えたとき、次郎丸くんは特に異論を挟まず「フロアでやるべきことは全部僕がやります」とだけ言ってくれた。これから私がやるべきことを考えると、フロアではなく副調整室にいるのがベストだという私の主張を、次郎丸くんは受け入れてくれた。実際、ＶＴＲを出すタイミングの指示は、ここにいた方がやりやすい。

「まあ、幸良さんがいてくれる分にはいいですけど……さっきまで編成局長いて息が詰まってたんで」

「今はいないの？」

「何か、急に来客入ったみたいで」

「そうなんだ。珍しいね」

　まあ、次郎丸くんが受付の人に嘘ついて、無下（むげ）にできないランクの芸能事務所のエラい人が挨拶にきてるって、一階エントランスに呼び出してもらったからなんだけど。

「てか、仁礼さんすごいですね。幸良さん、台本変更決めたときここまで推理してくれるって読んでたんですか？　もともとは、バンビちゃん以外は村人でしたよね？　もしかして、仁礼さんには事前ネタばらししてたとか？」

鈴木ちゃんが画面に集中しつつも、当然の疑問を口にする。

「仕込みとかじゃないよ。仁礼さんとみんなが頑張ってくれたおかげ」

犯人作の台本と、元々の台本で最も大きく異なる点は、人狼の数だった。市原さん、清水さん、村崎くん、もち子ちゃんの四人を村人から人狼に変更し、仁礼さん以外が全員人狼、という形式に変えてあったのだ。

四人とＭＣの滝島さんには、昨日の段階でそう書き換えられた台本と、それぞれの嘘ゴシップエピソードがマネージャー経由で送付されていたらしい。

演者は前日に犯人作の新台本を渡されていたからいいものの、本番当日になって新台本（スタッフ用なので、誰が人狼で誰が犯人かも書かれている）を渡されたスタッフたちは、過去最大級の非難を浴びせてきた。

——これちゃんと台本通りに推理してくれますか？　てか、村人が仁礼さん一人ってことは仁礼さんが推理できなかったらアウトでしょ？　これ上の許可出てます？

——マジ、人狼一人から人狼五人にチェンジって、あり得ないですよ。このレベルの変更はどんだけ遅くとも一週間前、最悪の最悪は放送前の技術打ち合わせ（技打ち）のときには言っといてもらわないと。昨日演者に渡してたんなら、同じタイミングで台本くれればよかったのに。

——死因を刺殺から一酸化炭素中毒に変更って、それ大丈夫っすか？　コンプラ室からめたくそに怒られそうですけど。事前に台本通してなかったことも含めて。

——バンビちゃんの袖にバミテつけるのは誰がやるんですか？　ちゃんとつけられますか？

現場のディレクターたちからの意見はすべて正論でありまったくもってその通りだったが、こっちは演者とスタッフを人質に取られているのだ。何かあったら私が全責任を取ると言って押し通した。全責任なんてあんたに取れるわけないでしょ、と言いつつも、みんな最終的には承諾してくれた。

「お、始まりますよ。犯人の独白」

鈴木ちゃんの声に呼応するように、一カメと三カメの画面に映っているバンビちゃんが、うつむいたまま肩を震わせて、言った。

《先に約束破ったのは、恭吾くんだから》

一瞬、画面が震えたのかと錯覚した。ワンテンポ遅れて、自分の錯覚に気づく。顔を上げて仁礼さんの方を向くバンビちゃんの顔が、変わっていた。

もちろん物理的にではない。顔の造形が変わったり、メイクが落ちたりしたわけじゃない。ただ、さっきまでバラエティのノリに興じていたギャルタレントとはまったく別人としか思えない、憂いを帯びた顔がそこにあった。「恭吾くん」という呼称の無邪気さとのギャップも相まって、一気に目を奪われる吸引力があった。画面越しでも伝わる気迫。

ここで、勝負しにきたんだ。

《それにしても、よく分かったね。もしかして、さっきの恭吾くんのドキュメンタリーのやつも、気づいた?》

別人としか思えない濃艶(のうえん)さを孕(はら)む声でそう問うバンビちゃんに、仁礼さんは気圧(けお)され気味ながらもはっきりと答えた。

《はい。ＶＴＲの最後に出てきた密会現場のシーン、女性の方はサングラスで顔がよく分かりませんでしたが、前髪を薬指と小指で触って直す独特な癖がバンビちゃんのものだったんで》
バンビちゃんが遠い目をしてみせる。本当にその目に情景を映しているかのようなまなざし。
《その癖……恭吾くんが、何でお前五本の指がついてるのに一番やりづらそうな指で直すんだよ、って、呆れた顔してた。……まだ、幸せだったころの話だけど》
そこでバンビちゃんが言葉を区切った。
《どうして、勇崎さんを殺してしまったんですか》
続きを促すための質問を仁礼さんが投げる。
《ありふれた話だよ。芸能界では、特に》自嘲ぎみな言い方。完全にバンビワールドが構築されている。《両思いだって勝手に勘違いしてたあたしが悪い。両思いって、小学生が言うような、単純な〝好き同士〟ってことじゃなくて、お互いが同じ分量だけ恋と愛を持ってること。恭吾くんとあたしの天秤は、全然釣り合ってなんかなかった》
「ここで引きに」他からのコメントが来ると踏んでの、ディレクターからスイッチャーへの指示。
読みは当たり。バンビちゃんがそこでひと呼吸置いたことで、他の演者が止めていた息を吐き出すように、内心を吐露する。
《すごい入り込んでる……ドラマっぽい台詞》もち子ちゃんの、ドラマ世界観ではなくバラエティ世界観側からの無邪気な感想。
《バンビちゃん演技うますぎるって》同じくバラエティ世界観の村崎くんの感嘆。
《勇崎さんが、奥さんと別れてくれなかったんですか？》一応ドラマ世界観側のトーンで質問する仁礼さん。
「バンビちゃんのワンショットに戻して」指示とともに、バンビちゃんの顔アップ。アップにも堪えうる美貌が、ゆっくりと涙に濡れる。
《恭吾くん、あたしと恋するには……背負うものが多すぎたみたい》
《……もうちょっと分かりやすく言ってもらった方がいいかも》ゆるやかな仁礼さんの指摘。バンビちゃんは表情を変えず、
《結婚記念日に、奥さんへ別れを告げるって約束だった。なのに土壇場になって、奥さんとは別れられないって。俺のことは忘れてくれって言われて。恭吾くんにそう言われたら、そうするしかないじゃん。でも、恭吾くんが生きてる限り、あたしは恭吾くんのことを忘れられない。だって、恭吾くんはスターだから。テレビをつけたらそこにいる。忘れるためには――この世界からいなくなってもらうしかなくって》
そこで一拍の沈黙を挟んだ後、バンビちゃんは声を上げて泣き出した。バラエティの中でこんなにも激しい啼泣を見るのは最初で最後かもな、と思う。
私はバンビちゃんの一人舞台を横目に、インカムでフロアDに声をかける。
「滝島さんへのカンペ、用意できてる?」
《できてます》
「私の合図ですぐ出してね」
《了解です》
続いてＶＴＲだしを担当する、タイムキーパーさんに指示。

「ＶＴＲ、スタンバイお願いします」
「あの……このＶって新台本で追加されたと思うんですけど、チェックしなくていいんですかね？」
「大丈夫。私がチェックしたから」
タイムキーパーの子は不思議そうな顔をしつつも、特に抗議などする様子もなく「了解です」とだけ返事をしてくれた。
こちらの準備は整った。放送時間は残り三十分を切っている。ＣＭ尺も入れると、使える時間は限られる。
バンビちゃんが泣き崩れる姿が二十秒近く流れ、痺れを切らしたように仁礼さんが手を挙げた。
《滝島さん》
《……どうしたの、仁礼くん》
《バンビちゃんが完全に役に入り込んでるところ悪いんですけど……これ、人狼の方も殺人の推理の方も、おれが当てたってことでいいですかね？》
ここでいく。
「カンペ出して」
《はい》
滝島さんがカンペに気づいたのが目線で分かる。
《いや、まだどうやら足りていないピースがあるみたいです》
《足りてないピース？》

《ヒントチャンスのカードは三枚ありましたよね？》

《そういや、最初の〈議論タイム〉でバンビちゃんが選んだ時に、条件つきだから今は選べないって……》露骨に渋面を見せる仁礼さん。全てを解明できたと思っていたのに雲行きが怪しくなったことへの不満と気まずさが出ている。

《このヒントは、犯人が判明した時点で選択可能になります。最後のピースを埋めるためのヒントということです。こちらのヒント、使いますか？》

《犯人当ててからヒント出すって、どういうことっすか》今にもでっかいため息をつきそうな仁礼さん。《まあ、使いますけど》

そこで、モニターに三枚のカードの画面が現れる。二枚はすでに開けられており、残り一枚。真ん中の太陽の絵柄のカードが、光り輝きながらゆっくりとオープンされる。

輝きのエフェクトが収まると、画面の中央に一言、「真相」という文字が現れた。

《さあ、選ばれたヒントはずばり『真相』。いったい何が明らかになるというのか――》

《真相……？》困惑した顔を見せる仁礼さん。放送には乗っていないが、別のカメラではぽかんとしたバンビちゃんの表情も捉えられていた。

そんな困惑を気にも留めず、

《それでは『真相』のＶＴＲ、お願いします》

滝島さんのＶ振りに合わせて、私もタイムキーパーに指示を発する。

「お願いします」

タイムキーパーの子が、再生ボタンを押しながら、驚いたようにこちらを見た。普段、わざわざプロデューサーからお願いしますなんて念押しはされない。

私は小さく会釈を返すと、モニターに向き直る。「V乗りました」タイムキーパーの声が高らかに響く。

VTRが始まる——この台本においておそらく、いちばん大切な。


——海藤ひるね。その名を知らない人の方が少ないだろう。

一枚の宣材写真が——海藤ひるね（26・当時）、というテロップとともに映し出される。

——大手アイドルグループ〈オーキー・ドーキー〉卒業後に勇崎オフィスへと転籍し、瞬く間に女性タレントCM出演本数一位、ブレイクタレントランキング一位の座にまでのぼりつめ——そして、とあるスキャンダルによって芸能界から姿を消した。

先程までのVTRとは、ナレーションの声が明らかに変わっていた。ディレクターの仮ナレかと思うような、素人臭い男性の抑揚。若干の加工がかけられており、声質はのっぺりしていて判然としない。

作り手が変わった証左。

そこで砂嵐のブリッジが入ったかと思うと、場面が切り替わった。

どこかの公園だろうか。木陰で高校生らしき、制服を着た女の子が寝転がっている。エモーショナルな彩度の画づくり。やはり、先程までのVTRとは作り手が明らかに違う。映像から判断するに、カメラはそこまでいいものを使ってるわけじゃなさそうだが、なにかしらフィルターをかけて映画っぽい質感にしている。

木陰の女の子は眠っているらしい。徐々にカメラが寝顔に寄っていく。透明感という言葉を体現したような肌質と、フィルターがかかった映像でも存在感を示す長いまつげ。

まだ十代のひるねちゃんだと、私はすぐに分かった。

カメラマンの手がひるねちゃんの肩へと伸び、軽くゆさぶる。ひるねちゃんが小さなあくびをしながら起き上がって、寝ぼけ眼でカメラを見る。そこだけ切り取ってポカリのCMとかにできそうな爽やかさ。

右上にテロップで【二〇一二年十月　海藤ひるね十六歳】と表示されている。高校一年生のころ——当然、まだひるねちゃんの名前が世に知れ渡る前の姿。

「なに、撮っとったん?」

「せっかく、いい木陰やったから」同じく高校生くらいの、カメラマンの声。「海藤ひるねの物語は、土曜の昼下がりの木陰で目覚めるところから始まる。何か良くね?」

「いや、まだ朝十時なんやけど」

「まあそこは雰囲気で。お昼寝中、みたいなテロップ入れるし」

「もしわたしが天下取った後に見返したら、多少エモいかもね。ひるねのお昼寝」

「その頃にはたぶん〝エモい〟って、使ってると恥ずかしい単語になってると思うわ」

「なら、エモいの賞味期限が切れるまでに売れるわ」

「そう言いながら、この間もなんかのオーディション落ちてたやん」

カメラマンの少年の、茶化すような声。この二人の関係性がよく分かる。

ひるねちゃんは真剣な面持ちで、

「犬関連の商品で〝ワンダフル〟って単語使ったら負けやと思わん？」

「は？　何の話なん」

「犬関連の商品名で〝ワンダフル〟とか、なんなら〝わん〟だけひらがなで〝わんダフル〟みたいなのってもう、全日本人が一秒で思いつくやつやない？　もう手垢の体積の方が大きくなってるやん、ってくらい手垢にまみれてない？　そういうベタなのを許容できてしまうセンスのＣＭって、虫唾が飛ぶんよね」

「走るを通り越して飛ぶ。どんだけ嫌なん」

「もしわたしが、仮にアイドルなりタレントなりでデビューしてから、〝美味しくて栄養もばっちり、わんダフルスティック！　大好評発売中　ゼリータイプもあるよ！〟みたいなコピーを連呼させられるようなＣＭ案件の話が来たとしても、断るなって思って。嫌なもんは嫌やし、やりたくないことはやりたくない」

「どこ尖ってんだよ。てか架空のＣＭを断る前に現実のオーディションに受かれよ」

「この間のオーディションも同じ。あそこ、グランプリ取れたらグラビアやらないかんやん。あれが気に食わんかった。前日まで知らんかったんよ」

「え、お前もしかしてオーディション行かんかったん？　あんだけ気合い入れて歌とアクロバット練習してたやん。あと特技用の〝オリジナルの花言葉大喜利〟」

「別に、あの事務所以外のオーディションで披露するからいいよ。試しに出してみてよ、花の名前。オリジナル花言葉つけるから」

「チューリップ」

「〝博愛〟」

「パンジー」

「〝誠実〟」

「マリーゴールド」

「〝早起きしすぎてもう逆に夜更かしになっちゃってるおじいさん〟」

「……」

カメラマンの少年がしばらく黙ったのち、「もっかいやろうか」と言った。

「朝顔」

「〝儚い恋〟」

「梅」

「〝澄んだ心〟」

「山茶花（さざんか）」

「〝未だにゴリラの血液型の話を披露してくる人〟」

「……」カメラマンの少年がしばらく黙ったのち、「これ、封印した方がいいかもな」

「何でよ、三段落ち決まっとーやろ」

「オーディションの場でウケると思えん。特技って喧伝（けんでん）してから披露する以上、めちゃくちゃオチ部分強くないと成立せんし」

「むー、もっと磨かんと駄目かぁ。花も花言葉も好きなんやけどなぁ。なんか、花言葉で最後無理矢理いい話にもっていくドラマとか好きなんよな。ヒロインが手渡してくれた一輪の花、その花言葉を調べると……みたいな」

「そんなにオリジナル花言葉披露したかったなら、なおさら受ければ良かったやん。この花言葉三段落ち大喜利がどの程度通用するか試せたのに。連絡も入れんでばっくれたん？」

「そう。ばっくれてやったわ。へへ、ざまあみろ。ビートルズを逃したデッカ・レコード、進撃の巨人を逃した少年ジャンプと並んで海藤ひるねを逃した哀れな事務所として歴史に名を刻ませてやるぜ」

「せめて最終選考まで行ってからばっくれな。お前の存在を認知すらされてないんやから後悔させられんって」

「このたとえのポイントはね、ビートルズはデッカのオーディション落ちたおかげでリンゴ・スターが加入できたし、進撃の巨人はジャンプより別冊少年マガジンの方が合ってただろうし、わたしにもここからさらに追い風が吹くやろうなって希望を持てるところ」

ああ。思わず口元を手で押さえた。目を閉じそうになるが、どうにかこらえてモニターを睨む。

あまりにも瑞々(みずみず)しくて眩しい――スキャンダル前のひるねちゃんをそのまま高校生にしたような、無敵感。

「自分のたとえに満足するのもいいけど、ちゃんと次のオーディション受けろよ」

「来月のやつは受けるし、受かるよ。元々、そこで受かる気だったし」

木漏れ日が差し込んできて、ひるねちゃんが眩しそうに手でひさしを作る。

「嫌な仕事はしない。そのスタンスはオーディションの時点から貫き始める。わたしは、仕事を選べるくらいにまで売れたい。それが天下を取るってことやろ。二十五歳くらいまでにいったん天下取る。そしたら」にやり。「わたしたちの冠番組、作って電波に乗せようぜ」

ここで初めての、ばっちりカメラ目線で挑発的な表情。その顔に魅せられ、息を吞む。

「お前それ毎回言うけどさ、なんでテレビなん。これからはYouTubeとかの時代やないん」

「わたしさ、美味しいごはん食べるの好きなんよ」

「そんなもん、誰しも好きやろ」

「そう、誰しも好きやけどさ、美味しさの喜びって一瞬で消えるやん。好きな映画頭に思い浮かべるのはいくらでもできるし、好きな曲頭の中で鳴らすのもいつだってできるけど、めっちゃ美味しかった料理の味思い出そうとしてもなかなか難しくない？」

「それは確かにそうやね。味を表現する語彙にも限りがあるし」

「やけど、世の誰しもが、いやもちろん味覚障害の人とかもおるやろうけどほとんどの人が、美味しいもん食べるの好きやん？　すぐに忘れちゃうのに、その瞬間の味覚のためにお金出して食べにいくやん？」ひるねちゃんの、持論に芯を通すような力強い語り。

「そういう、一瞬で消えるのに幸せだけ残していく存在に、わたしはロマンを感じるわけ」

「それがテレビってことか」

「そ。テレビで見たもんなんて、次の週にはほとんど忘れてるけど、それでも面白い番組とか好きな番組とかってあるわけやん？　その瞬間に笑いとか泣きとかを届ける、フロー型のコンテンツ。そこにわたしは、海藤ひるねの名を冠したいし、それをあんたにディレクションしてほしい」

「それはいいけどさ」カメラマンの声の、ちょっと照れたような上ずりかた。

「とりあえずオーディション受かれや」

「次は受かる。本気で受けるから」

そこで木陰のシーンが終わり、ナレが入る。

――ひるねはこの宣言通り、次のオーディションで大手アイドル事務所に所属することになる。高校卒業後に上京し、アイドルグループ〈オーキー・ドーキー〉で選抜メンバーに入り、ライブを中心とした活動に取り組んでいた。

ナレーションに沿うように、アイドル時代のひるねちゃんの映像が流れる。タワレコ店内の無料ライブからZeppまで、大小さまざまな箱でのライブ映像や特典会の様子。少しずつ深夜のテレビ番組に出たり、派生ユニットがプチブレイクしたり。堅実に活動を積み上げているのが分かる。

【二〇一五年十二月　オーキー・ドーキー時代】というテロップとともに、河川敷らしきところで夕日を眺めるひるねちゃん。

「どうですか、アイドル活動は」

高校時代パートと同じカメラマンの声音。カメラに気づいた瞬間、顔をほころばせる。

「全然思い通りにいかんのやけど。だるい。和食のコース料理でゴツめの海老が殻つきででてきたときくらいだるい」

「上品さを保ちながら海老の殻むくの、難しいよね」

「まあそれでも海老の殻の方が芸能界よりは簡単かも」

「わりかし順調にステップアップはしてるでしょ。海老が出てくるコース料理を食う機会があるってことだし。地元じゃそんな食ったことないっしょ」

「海老が出てくるコース料理より地元の肉吸い定食の方が美味いわ。てか、芸能活動も別に全然ステップアップしてないし。昨日もドラマのオーディション落ちた連絡来て、絶対いけたと思ってたからマジでいま憂鬱。選ばれた女優さんのこと嫌いになりそう、逆恨みでしかないのに」

「テストって手応えあるときほど点数悪いもんね」

「なに、映像の学部でもテストとかあるの」

「テストは一応ある。あと、作品作って評価されることはあるよ。絶対にいけるって思ってる時ほど酷評食らうんだよね」

そこで私は、カメラマンの男の子が標準語になっていることに気づいた。上京して、喋り方が変わったのだ。

「オーディションに関しては酷評すらもらえんけどね。ただ落ちたって連絡がくるだけ。合格ラインに肉薄してたのか、話にならんくらい駄目やったのかも分からん」

長い髪をなびかせながら、夕景をバックに悔しがる顔。鼻が寒さで赤くなっているのも愛らしい。ひるねちゃんはずっと地元の方言で喋っていて、それはアイドルとしてキャラを立てるというのもあったんだろうけど、ひるねちゃんの地元への愛を感じさせた。

「成人式行く?」

「行かん。いま行ってもいじられるだけやし。キャッチコピー言ってよとか雑に振られたらわたし、手がでちゃうかも」

「〝朝も昼も夜もぐーっすり眠って、夢も劇場も会いに来てみ！　海藤ひるねでーす〟」

「一言一句違わず再現するな、そういうのをいじってるって言うんやって」

口を尖らせるひるねちゃん。私はアイドルを辞めてバラエティに出るようになってからのひるねちゃんとしか仕事をしたことがないので、こんなにがっつりアイドルをやっていたのだと知って少し驚く。

「せめて連ドラ、エンドロールで五番目以内に出てくる役をやれるくらいにまではなってからやないと、地元の集まりには行きたくない」

「まあ、ドラマよりバラエティのイメージ先につけた方がいい気もするけど。お前の武器は演技力よりもその顔で意外と鋭いワード言えたり大喜利強かったりするところだし、かわいいのに面白い、のポジション獲った方が仕事広がる気がする。演技はその後、更なる幅として見せていったらいいじゃん」

「あまりにも難度高い方針をさらりと言うな。あとかわいいのに面白い、って何なん、かわいいと面白いに相関ないやろ。かわいくて面白い、かわいくて面白くない、かわいくなくて面白い、かわいくなくて面白くない、四パターン全部しっかりおるって」

「それでも、〝かわいいのに面白い〟って評価されてしまうのが芸能界なんじゃない？」

「いっちょ前に知った口きくようになったな、いち学生が」

そこで河川敷の映像は終わり、またひるねちゃんのこれまでの活動の様子が次々と現れる。

――実際に、この四年後ひるねはバラエティを席巻する。オーディションで日テレの大型特番の出演枠を勝ち取り、特番内のトークと大喜利のコーナーで跳ねたことがブレイクのきっかけとなった。

豪華なセットの中で、ひるねちゃんが大喜利のフリップをかざしている映像が流れる。快進撃の始まりの瞬間。

――〝芸人だけだとバランスが悪いから一人違う界隈のタレントを入れたい〟〝とはいえバラエティの動きができない子だときつい〟あるいは〝画面に華がほしいのでぶっちゃけ誰でもいいから女の子を入れときたい、喋れるとなお良し〟というような短絡的なものも含めて、ひるねの存在は制作側のニーズにぴたりと合致した。バラエティの仕事の分量が圧倒的に増える中で、アイドルの方では次第に年下のメンバーが増えてきたことで引き時を感じ、卒業を決意。

勇崎オフィスのロゴと、勇崎さんの宣材写真が現れる。

――新しい事務所を検討しているタイミングで、ちょうど勇崎恭吾からの引き抜きの話を受け、開業したての勇崎オフィスへと所属を移した。勇崎とのバーターでドラマ初出演を果たし、逆にバラエティ番組にバーターとして京極バンビを伴って出るなど、移籍は大成功で芸能活動は順風満帆そのもの。さらには初となる冠特番の制作も決定し、この〝お試し特番〟が上手くいけばそのままレギュラーで冠番組を持てるようになるだろうと目されていた――二〇二一年十月七日までは。

映像が真っ黒になり、あからさまに不穏さを醸し出す。黒の背景の中央に、一枚のスクリーンショット――一つの投稿（ポスト）。アイコンは、旧Twitter（X）をやっていれば誰しも一度は見たことがあるであろう、炎上系インフルエンサーのもの。

投稿の一行目――【悲報】人気タレント・海藤ひるねさん　〝夜寝不倫〟現場を目撃されてしまう

特に驚きや衝撃や新鮮味はない。なぜなら、三年前のオンラインオフラインを問わずあらゆるメディアで吐くほど目にした三十五文字だったからだ。ツイートは、人気タレントの海藤ひるね（26）さんと、朝の帯MCをつとめる滝島ライトさん（41・既婚）が不倫関係にあるのでは？という疑惑の状況証拠を箇条書きでつらつらと書いているものだった。

映像が切り替わり、ツイートに添付されていた三枚の写真が映し出される。当時、自分のiPhoneの待受画面の次くらいにはよく見た写真。

一枚目は、ひるねちゃんと滝島さんが個室らしき焼肉屋で食事している写真。
二枚目は、ひるねちゃんと滝島さんがラブホの前で連れ立って歩いてる写真。
三枚目は、LINEのスクショで、ひるねちゃんと滝島さんの睦まじいやりとり。
投稿内容を説明するナレーションが、テロップとともに入る。

――このツイートはツイッター（当時）で爆発的に拡散され、海藤ひるねと滝島ライトの不倫は世間の人々に衝撃のゴシップとして認知された。数々の醜聞が入れ替わり立ち替わり現れる芸能界においても、この事件は鮮明に記憶に残り続けているのではないだろうか。

〝一気に冷めた〟〝ショック。ひるねちゃんだけは安心して推せるって思ってた〟〝バラエティと演技に集中するためだって信じてたけど、実際は不倫したときのダメージを最小限に抑えるための卒業だったたってワケ（名探偵）〟〝おれが卒業公演で買ったTシャツの金がラブホ代に変わったと思うと胸が熱くなるな〟〝滝島さんもひるねちゃんも、滝島さんの奥さんにこってり叱られればいいと思うよ〟

当時のひるねちゃんや滝島さんに向けられたコメントが、鍵穴みたいな人型のシルエットからフキダシで表示される演出。目を背けたくなるような内容が、剝き身の文字列として流れ出てくる。

――五年前に一般女性との結婚を発表している滝島と、それまで〝スキャンダル処女〟を守り抜き、アイドルの鑑とまで言われてきた海藤。ファンの失望は当然ながら、幅広く大衆人気を得ていた二人だっただけに世間からの風当たりも強かった。

――ひるねはこの投稿の五日後に活動自粛を発表し全てのレギュラー番組を降板。さらにその一週間後に事務所から契約を解除されるという急展開となった。現在は療養中の身となっている。一方の滝島ライトは帯MCを降板、ほかレギュラーをいくつか失ったものの、現在もTV出演や営業といった仕事は継続。現在も妻とは婚姻関係にある。

そこで、画面の白黒が反転する。

――だが。このゴシップには続きがある。その続きを知る人物に、インタビューを行った。

画面に再び砂嵐が走り、楽屋の映像に切り替わる。突然の切り替わりに面食らう。

楽屋で深々と椅子に腰かけた勇崎さんが、煙草を片手ににやりと笑っている。

《ひるねと滝島の写真？　忘れるわけがねぇよ》

下から抱え上げられるような温かみのある低音。口を開くだけで聞き手の意識を引きつける、大俳優の語り。

《あの時の写真な……めちゃくちゃハネたよな。俺もあそこまでの爆発が起きるとは思ってなかったから大変だったよ。自分のところのタレントがあのレベルのスキャンダル起こしたら、もう一週間は眠れないからな。局やら代理店やらクライアントやら、ひたすら謝り倒したよ……いく

ことの一つかもな。ちょっと見積りが甘かった》
ら予定通りだったとはいっても、あれはしんどかったな。社長業やってていちばんしんどかった

《予定通り、というのは？》

《言葉通りだよ》勇崎さんが息を吐く。次の台詞がもっとも効果的に響く間をあけて。《ひるねと滝島のあの写真、俺が撮らせたんだ》

沈黙。信じられない、という気持ちを語るかのような間。

《……なぜ、そんなことを？》

《元々、ひるねと滝島は共演も多くて関係性あったからな。バンビに言って、三人で食事会したいって持ちかけさせたんだよ。バラエティでの立ち振る舞い教えてほしいって体で。で、その食事会にバンビが遅刻して行くことで店でのツーショット一枚、あとは三人で二軒目に移動する途中に上手くラブホ街を通らせて、歩く位置調整させてラブホ前ツーショット一枚、あとLINEのスクショは単純に偽装だな。これもバンビに画像加工させた。あいつはああみえて意外とそういうソフトの扱いもできるんだよ》

《手段ではなく理由を訊いているんです。もう一度質問します。なぜ、そんなことを》

《手っ取り早いのが好きなんだ。俺が売れたのは五十近くなってからだからさ、他の俳優どもより栄光の時間が圧倒的に短いんだよ。だからこそ一秒だって無駄なことはしたくねえし、邪魔をするものは疾く消し飛ばしたい。一石二鳥ができる局面ではかならずそうする》

《何が言いたいんですか》

《〝邪魔なタレントを芸能界から退場させること〟〝自分のスキャンダルの身代わりを作ること〟

——この一石二鳥だよ》

にやりと笑う大物俳優。

《ひるねはうちから他の事務所に移りたいという話を何度もしてきてて、鬱陶しかったんだよな。最初は金の問題だと思ってた。うちは月給制だからな、他に行って自分で稼ぎたいんだと思ってたんだ。だが違った。端的に、俺のやり方が気に入らないんだとよ》

《俺のやり方？》

《事務所に入りたがってる若い女を、オーディション終わりに連れて帰って食っちまうのが気に食わなかったらしい。一回、社長室に怒鳴り込んできたことがあったんだよ。そういうことをするために俳優になったんですかだとか何とか言ってきて。そういうことをする人間が社長やってる会社では働きたくありませんだとよ。自分の移籍をちらつかせて取引しようとしてきてんだ。二十六の女が、社長であり芸能界の大先輩でもある俺にだぜ？　信じられるか？》

《オーディションに来たタレント志望の子に、プライベートな関係を迫ったということですか》

《別に、無理矢理じゃねえぜ。完全に拒否する奴は帰してるよ、リスクもあるし。乗ってきた子にはちゃんと見返りもある。所属はさせられなくても、プロデューサーを紹介してやるとかな》

《そういった見返りをちらつかせて、プライベートな関係を迫った、と》

《あのなぁ、何か非難するスタンスで来てるけどよ。芸能界でこの程度の黒さも飲み込めねえ奴はいねえだろ》ため息。《好きに女も抱けねえで、何が俳優だよ》

《先程〝自分のスキャンダルの身代わりを作ること〟とおっしゃられていましたが、〝自分のスキャンダル〟というのは？》

《ああ。今言ったみたいに、タレントの卵を転がす遊びをしばらくやってたんだけどな、そのうち本命ができちまったんだよ》

《その本命のお相手が、京極バンビさんということですか》

《あいつはいい女だ。事務所に入れる前から見込んでた。あいつを入れてからはもう、新規の所属タレントは募集しなくなったからな。あいつが本命よ》

《京極バンビさんと、不倫関係にあったと》

《俺も気をつけてたつもりなんだけどな、すぐに流しのライターに嗅ぎつけられた。ツーショットの写真も撮られてな。週刊誌に持ち込んでも大した金になんねぇから、炎上系インフルエンサーに売ろうと思ってるって脅してきやがる》

《その流しのライターに、身代わりとして海藤ひるねと滝島ライトのでっちあげ不倫写真を渡した。ライターはインフルエンサーに写真を売り、事務所としてその投稿を否定することはせずに、むしろ認めてひるねとの契約を解除した。そういうことですか？》

《見事な一石と二鳥だろ？　俺はともかく、当時まだバンビの知名度はそこまでだったからな。どう考えてもひるねと滝島の写真の方がバリューがある。身代わりとしては十分すぎるゴシップだ。あのインフルエンサーも潤っただろうよ》

《強引ですね》

《足を引っ張るゴシップは全部、消す。俺のやり方だ。失敗するやつらはみんな揉み消すことを考える。違うんだよ。揉み消すんじゃなくて吹き消すのが成功の秘訣だ。半端に隠そうとか黙らそうとかじゃない、小火を消し飛ばせるくらいの爆風を起こすことが肝要なんだよ》

《写真が偽装だとバレることは恐れなかった？》
《バレてもいいんだよ。仮に訂正の投稿がなされたり元の投稿を消したりしても、もうその頃にはひるねと滝島の不倫は事実になってる。これまでの炎上の事例は一通り学んだけどよ、一発目の強烈な告発のインプレッションを、真面目な検証や訂正の内容が超えることはないんだよ》
《京極バンビさんとの関係は、今も続いているんじゃ？　もう記者に撮られたりはしていない？》
《そう、問題はそこだ。関係は続いている。あれ以来気をつけるようになったが、さすがに三年もいちゃついてると、さすがにどっかでボロが出る。知ってるか？　週刊誌の中には、芸能事務所の車のナンバープレートの一覧表持って六本木を車で流して、リストにあるナンバーの車見つけたら尾行して写真撮る部隊もあったりするんだぜ》
《要するに、また不倫の現場を見つかってしまった、と》
《どんぴしゃで押さえられたわけじゃねえ。ただ、文春にかぎつけられた。明らかにうちのマンションとバンビのマンション張り込んで、周囲への取材も進めてそうな感じだったんだよ。あいつらのリソースも有限だからな、スキャンダルの匂いがあって、かつバリューがあるタレントのところに張り込むんだ。
　俺も三年前よりさらに仕事の幅を広げてる。父親役でエアコンのＣＭとか洗剤のＣＭとか出てるからな、不倫が露呈するのは三年前よりずっとまずい。テレビなんて今や主婦しか見てねぇんだ、世の主婦に嫌われたら終わりだ》
《随分偏った意見ですが……では、また身代わりを？》
《いや、もう手頃な身代わりはいない。今や俺だけじゃなくバンビも売れっ子だからな。俺とバンビの不倫を超える話題性なんてそうそう作れないし、そもそも文春にはそういう取引が通用しないと俺は踏んだ。ただ、今回幸運だったのは、がっつり写真押さえられる前に察知できたことだ。やつらはこういうでかいネタほど、がっつり材料集めて脇固めて、タイミング見計らって発射する。その分、こっちにも準備期間があったんだよ。タイミングも良かったな、ちょうど九月の改編期の特番の準備が進んでる頃だったから》
《特番？　何の話ですか？》
《俺が思いついたアイディアの話だ》
《アイディア、というと》
《俺とバンビの密会が、番組の企画だったってことにしてしまえばいい。俺とバンビが不倫してたって設定をなるべくリアルに企画化してしまえば、たとえその後に不倫の報道が出たとしても番組の企画だったということにこじつけられる。そうなってくるともう、文春としてもわざわざ記事にする旨みがないだろ。だから血眼（ちまなこ）になって探したぜ、なるべく視聴率が稼げて、ネットでも話題になるような番組――》
《それが、『ゴシップ人狼』だった、と》
勇崎さんは満足げに頷いた。
《若干強引にはなるが、元々人狼を推理するってコンセプトだからな。そこに、〝勇崎恭吾を殺した犯人を推理する〟って要素を入れるのはアリだ。バンビが犯人で、動機が不倫――という設定。敢えてまだ世間には一度も見せたことはないが、バンビは芝居ができる。一夜の話題はかっさらえると踏んだ》

《生放送でやるには難度高そうでしたけど、よく通せましたね》
《企画としては面白いしな。現場には負担かかるだろうが、この局の編成局長とは昔なじみだ。来期のドラマの件ででかめの貸しがある。多少の無理ならゴリ押せる。台本書いた制作の子は泣いただろうね、死ぬほど直しをさせたからな》
全てを語り終えた、というように勇崎さんが背もたれに体重を預けた。額には汗。
《今回は良くても、次また撮られたらもう言い逃れできないんじゃ？》
そこで、勇崎さんは深く息を吐いてうつむいた。顔を上げて、言う。
《正直、潮時だとは思ってたんだ。若ぇ女は、夜伽にはいいけど人生を語る相手にはならん。深みがないからな。バンビとの関係はもう終わりだ。この特番でまとめて吹き消す》

私たちはプロだ。

この副調整室にいるスタッフ達はみな、全国のお茶の間に映像を届けるための技術を誇るプロフェッショナルだ。どんな難しい内容でも、災害時であっても、きちんと成型された映像を提供する職能。

そのプロたちが数秒間、動けずにいた。タイムキーパーさんが画面を切り替えることも、それに気づいてディレクターが指示を出すこともなかった。数秒間、ラストカットの勇崎さんの挑発的な笑みが無音で流れ続けることになった――私が「V降りてスタジオに戻して」と言うまで。

「す、すみません！」タイムキーパーさんがスタジオに画面と音声を戻す。だが、スタジオも無音だった。このVTRがドッキリや仕掛けなどではない、〝ガチ〟であることを決定づけるリアクションとしての沈黙。

「幸良さん、このVTR何なんですか」ディレクターの鈴木ちゃんが絞り出すようにそう問いかけてくる。「勇崎さんとバンビちゃんが不倫……？ その隠蔽のためにこの番組を、って」

「準備して」私は鈴木ちゃんの質問をすっぱりと切って指示した。「ここからが、勝負だから」

スタジオでは、あまりにも重い沈黙を仁礼さんが破っていた。

《いや、これどういうことですか？》勇気ある質疑。《もう、どこまでがドッキリなのかよく分からなくなってきたんですけど》

再び沈黙。誰も、そのコメントを拾うことができない。

その時、私のスマホが震えた。次郎丸くんからの着信——合図。

声を張る——「キュー」

《見て下さい》

同時に、入場ゲートから、次郎丸くんが台車を押しながら登場した。最初からフタがスライドされて、勇崎さんの死体が露わになっている。マイクは自分で着用済みらしく、声がしっかり聞こえる。

《勇崎さんの死体、本物です。本当に死んでます》

私は「指示するまで絶対に止めないこと」と鈴木ちゃんに言い残して副調整室を飛び出した。

フロアスタジオへ走る。

京極　バンビ

「勇崎さんの死体、本物です。本当に死んでます」

次郎丸ＡＤが闖入してきた瞬間、あたしの中の嫌な予感を感知するセンサーの音量が最大になった。仲が良かったモデルの子に宅飲み形式の合コンに誘われた時を思い出す。その合コンの主催者はのちに大麻でパクられた。あの時よりもずっと強い警戒心があたしの心臓をノックしている。

誰かがあたしをハメにきてる。

恭吾くんがなぜか三年前にひるねをハメたときのことをべらべら喋ってるＶＴＲも――その最後に「バンビとの関係は終わりだ」と言った瞬間も――あたしには分かった。

恭吾くんは演技をしてる。

あの尊大な喋り方、余裕のある表情、風格がでるようにわざと低めに出してる声――ぜんぶ、プライベートでは見たことない、カメラの前でだけ使うテクニック。明らかに役者のスイッチを入れている――あるいは入れさせられている。

ただ、喋っている内容はほとんど真実だった。三年前にあたしとの不倫現場を撮られてひるねを身代わりにすることにしたのも。今回また不倫をかぎつけられたからこの特番の企画だったってことにしようとしてるのも。全部真実で――だからこそ、こんなにべらべらとカメラの前で喋るわけがない。やっと手にした俳優としての地位を一発で突き崩すような動画を、恭吾くんが残させるわけがない。

脅されている。脅迫されて、自ら独白しているように演じさせられている。

誰だ？

この特番を組んでくれた編成局長の山田？　台本を作って現場を仕切ってる幸良？

誰か分かったらすぐにでもその顔を張り飛ばしてやりたいという気持ちを、どうにか抑える。

確かなことは、いまあたしが生放送の最中にいるということ。ちらりとモニターを見る。今抜かれているのは、次郎丸ＡＤと、その手元の棺で眠る恭吾くん。

「脈がありません。呼吸も、してません」

そこで初めて、あたしは次郎丸ＡＤの言葉を脳で受容した。

――〝本当に死んでます〟〝脈がありません〟

あたしは思わず、棺の方へ駆け寄った。嫌な予感を、なり続ける脳内のセンサーを何とか無視しながら。

「恭吾くん」

演技なし、純度百パーセントの祈り――冗談であってくれ。嘘であってくれ。何かの企画であってくれ。

「嘘でしょ」

その顔に手を伸ばす。両頬に手を当てて横向きになっていた顔を真上に向ける――その冷たさに、思わず手を引っ込めそうになる。かがんで、自分の耳を恭吾くんの口元に思いっきり近寄せる。微かな吐息でいい、いつもの下品ないびきでもいい、生命活動の証拠となる音が聞こえてくるのを待つ。

永遠に思える時間。

「嘘でしょ」意志と関係なく、言葉がこぼれた。「嘘でしょ……？」語彙が消え失せる。

力が抜けて、膝からくずおれる。思わず棺のふちに摑まってしまい、棺があたしの体重を受けて傾いた。「あ、ちょっと」次郎丸ＡＤの驚いた声。がた、と音を立てて棺が前方に傾き、恭吾くんの身体が投げ出されたように飛び出した。生きていたらあり得ない動きでワンバウンドし、スタジオの床に転がった。

しん、とスタジオが静まり返る。ひと呼吸の間を挟んで、スタッフも含めたこの場の全員の悲鳴がこだまする。

「ご、ごめ……恭吾くん」

あたしは恭吾くんをなんとか抱え上げようと脇に手を入れたが、その冷たさと硬さと重さに、力が入らなかった。今まで触れてきた恭吾くんの身体を、死という怪物に奪われたみたいで、もうここには恭吾くんはいないのだという事実がその冷たさと硬さと重さをもってあたしを刺した。

「誰か、手伝って……」

助けを求めて振り向く。恭吾くんをこのままにさせたらだめ、せめてちゃんと真っ当な姿勢にしてあげないと――そう言おうとして、あたしは絶句した。

出演者たちから向けられている目の、冷たさ。

「バンビさん――もしかして、本当に？」

後ろから次郎丸ＡＤに投げかけられた言葉で、あたしは今自分がおかれている状況を悟った。

そして、この瞬間もカメラはあたしを映しているであろうことも。

いまこの場で向けられている視線が、そのまま世間からの目線となるであろうことも。

「ば、馬鹿！　あたしじゃない！　あたしなわけない！　あたしは本当に恭吾くんのことを――」そこまで言いかけ、そもそも不倫露呈の時点ですでにまずいのだということに思い至る。

言葉を継げない。

「ちょっと、これ止めないとヤバくないですか」村崎が分かりやすく狼狽(ろうばい)した、裏返り気味の声で言った。スタッフ側もざわついている。

そうだ――とにかく放送を止めないと。その思考にあたしの行動がジャックされる。口から言葉が勝手に出てくる。

「カメラ止めて！　とにかく！　上の人、偉い人、見てんでしょ、今すぐ止めて――」

「止めるな！」次郎丸ＡＤが叫んだ。「止めたら天井照明につけられた爆弾が爆発する、そうメッセージが残されていました」

その手には台本らしき冊子が握られていた。表紙にでかでかと〝放送を止めないこと！〟と書かれている。

「何を、言ってんの。あたしじゃないって。天井の爆弾？　そんなの知らない！　とにかく、何でもいいから、放送止めて！　あたしは犯人じゃない――」

あたしの叫びを切り裂くように、力強い声で、

「そうだよね、バンビちゃんは犯人じゃないよね」

幸良Ｐが、セットの中へと歩み入ってきていた。

「犯人は、次郎丸くんでしょ」

幸良 涙花

「犯人は、次郎丸くんでしょ」

私はつとめて穏やかに、そう言った。

「何を言ってるんですか、急に。というか、出てきていいんですか、いま放送中（OA）——」

「勇崎さんを殺したのは、次郎丸くん。バンビちゃんじゃない」

「どうしたんですか、急に。笑えないですよ。ちょっと、入ってこないでください」

次郎丸くんは、セットに近づく私を止めるように、首を振った。その制止を無視して、私はセットに足を踏み入れる。カメラにお尻を向け、演者たちと次郎丸くんを視界に入れて。

「勇崎さんを脅して、あの不倫独白ＶＴＲを撮ったのも。変更した台本を出演者サイドに送って、番組の内容を変えさせたのも。全部、次郎丸くんがやったことだよね？」

「何、どういうこと」もち子ちゃんの当惑。他の出演者たちも状況が飲み込めていないことを表明するかのように、目線を私と次郎丸くんに行ったり来たりさせている。

「京極バンビさんの犯行だと、さっき仁礼さんが解き明かしたはずですが」

「あれはあくまで番組の台本上の話。犯行時刻もダイイングメッセージもバミテも、全部台本に書いてたことでしょ。実際にバンビちゃんが勇崎さんを中毒死させたわけじゃない」

私は次郎丸くんの表情の変化を一フレームたりとも見逃さないように熟視しながら、

「本当は別に、隠すつもりも、バンビちゃんに罪をなすりつけるつもりも、ないんでしょ？　次郎丸くんから出演者サイドに新台本送った履歴は残ってるだろうし。それ以外の証拠だって、生放送中には無理でも、これからちゃんと警察が捜査したらすぐに分かる。オンエア中だけやり過ごせればそれでいいんでしょ？　なら、もういいよ」

スタジオの空気の量が二倍になったかのように、ぱんぱんの緊迫が満ちる。

次郎丸くんの言葉を、演者もスタッフも、全員が待ち構えている。

「はは」

力なく、次郎丸くんが笑う。全員が唾を飲み込んだんじゃないかと思った。

全員の視線を一手に集めながらも、次郎丸くんはいっさい臆する様子なく、

「ドジポンコツ王が、名探偵になることもあるんですね」

爽やかに微笑む。

そして、あっさりと。

「そうですよ。僕が勇崎恭吾を殺害しました」

このスタジオにいる全員が息を吞む音がシンクロした。いちＡＤが、殺人その他もろもろの罪を認めたことへの驚愕。

「犯人の台本、次郎丸くんが台本書くときの癖めっちゃ出てたよ。時とか事みたいな、漢字にするかひらがなにするか迷うやつは全部ひらがなにしてる感じとか。喋る人ごとにフォント変えてる細かさとか。あと、現実的に出演者サイドに事前に台本送るのって、この特番で言うとチーフＡＤにお願いしてる仕事だから、次郎丸くんにしかできないんだよね」

「なんだ、じゃあ最初から気づいてたんですか」

「細かいところは分かんないけど。どういう手順で殺したのか、とかは」

「確かに、ど、どうやって……」死因を当てた仁礼さんの反射的な問い。「おれだって、本当に楽屋を一酸化炭素でぱんぱんにしたとは思ってなかったんですけど……」

「〝棺〟、でしょ？」

私の問いかけに、次郎丸くんは、

「そこはバレてるんですね。そうですよ。あの棺、ちょうどいい密閉具合とサイズなんですよ。勇崎を拘束して棺に入れて、楽屋のバランスボールにぱんぱんに入れておいた一酸化炭素を流し込んだだけ。色とか臭いがあるわけじゃないからちゃんと中毒になったのか不安だったけど、ちゃんと死んでくれてて安心しました」

あくまで無感動に、一定のトーンで。

「殺した後は死体のポーズを固めて、段ボールに突っ込んで、スタジオに搬入しました」

「え」もち子ちゃんの間抜けな声。「ずっとスタジオにあったの？　その……ご遺体が」

「そうですよ。本番前に幸良さんに発見してもらう必要があったんで。番組仕切る立場の人に見つけてもらわないと、この番組乗っ取れないですし」

「番組を、乗っ取る」滝島さんが反芻するように呟く。

「それが、次郎丸くんの目的？」私がそう問いただすと、次郎丸くんはさらりと「そうですよ」と言った。

「そもそも、人を殺したかったんです。人生成功してて、それでいて嫌な奴を、なるべく派手な方法で」

「次郎丸くん」私の呼びかけを無視して、次郎丸くんは温度とか抑揚みたいなエモーショナルな要素を一切抜いた不気味な喋り方で、

「人を殺したい、って思うのは割とベタな欲求だと思うし、成功者とか嫌な奴を殺したいってのもまあ自然な流れだし、派手にやりたいってのもいかにも快楽殺人者、って感じじゃないですか。じゃあ、どの要素を強化してオリジナリティのある殺人にするかって考えたときに、派手さで勝負したいなって思って。けど派手にするって言ったってバラバラ殺人とかそういうグロテスクさだともう小説とか映画とかで見飽きてるしつまんないから、何か別の種類の派手さが出せないかって考えたときに」

「次郎丸くん」

「端っことはいえやっぱり僕はテレビ業界の人間なんで。テレビって媒体を使って、誰もやったことのない派手さの殺し方を実現したくて。それで考えに考えて出した結論が、人殺しを活かして番組をジャックするって方法だったんです。これは未だにこの国でやったことある人、いないでしょ？　なんならその死体もＯＡ乗せちゃったりして。番組を乗っ取ろう、このゴシップ人狼って番組を僕の思い通りに演出して放映してやろうっていうのが僕の目的で動機です」

「次郎丸くん」

「だから、幸良さんに見つけてもらって、僕の書いた台本通りに仕切ってもらう必要があったんです。幸良さんが自然と死体を見つけられるように、五パターンくらい作戦考えてたんですけど、まさか自分からドジピタゴラスイッチで死体発見するとは思ってなかったです」

次郎丸くんが、そこだけ無感動さを崩して苦笑した。胸がぐっと締め付けられる。

「あいつを脅すのは簡単でしたよ。京極バンビさんとの写真を世間に公表するって言うだけで、インタビューにも正直に応じてくれたし、手足も差し出して縛らせてくれたし、棺にもあっさり入ってくれた。コツがあって、ちゃんとこっちがイカレてて本気なんだってことを示すのが大事なんです。僕、ちゃんと炎上系インフルエンサーへのDM画面開いて見せましたもん。親指タップ一回であんたは終わるよ、って示してあげるだけで――」

声を張る。

「次郎丸くん」スタジオの空気を掌握するくらい、腹から。

「次郎丸くんは、やっぱ裏方だね、出役向いてないよ。べらべら喋って、サイコパス殺人犯演じてるつもり？　むりむり、全然できてないって。嘘つかないで、ほんとのこと話しなよ」

私は、背後のENGカメラを指さして、告げた。

「いまこれ、放送乗ってないから」

甲斐朝奈

《夜も眠らぬこの街に　引きずられ今日も眠れない　夜に空いたこの余白は　君を想う時間に化ける――》
絞り出すように、私はシンプルな疑問を声に出した。
「これ、なに？」

「これ、がいま流れている映像を指してるなら、答えはプロモーションビデオ、ってことになるね。村崎くんがボーカルやってる〈幾星霜の待ち人〉の。売れ線バンドのわりに、この曲なぜかシューゲイザー要素も入れてて長いんだよね。十分くらいあるから、フルで流れるとするともうしばらく続くよ」

「なんで、唐突に。さっきのゆ、勇崎さんの独白インタビューのあと、スタジオでどんな話してたのかは？」

わたしの質問に、小羽石さんは首をかしげて、

「とっさに、こっちを流すって判断したんだろうねぇ。放送事故防ぐために。冷静に考えて、さっきの勇崎恭吾のインタビューのVTR……その、やばい内容だったし」

「それならインタビューVTRの時点で止めるんじゃないですか？」

「あのVTRまでは、流したかったんだろうね——この番組の責任者が」

《待ち続けて　祈り続けて幾星霜——》

全く興味のないバンドのPVがだらだらと流れる。わたしは湧き上がってくる感情をどう処理していいか分からず、熱くなって汗ばんできた手を自分でぎゅっと握りしめた。

7章　ご覧の犯人の提供でお送りしました。

幸良 涙花

「は？」

いまこれ放送乗ってないから、と告げた瞬間、次郎丸くんは口をぽかんとあけた。

「いま、オンエアに乗ってるのは村崎くんのバンドのPV。もうちょいしたら清水さんの映画の宣伝になるかも。とにかく、このスタジオの様子は、オンエアには乗ってない」

わたしは、思いっきりカメラの画角に入り込む動線をずんずんと歩き、セットの中央へと入った。次郎丸くんが目をぱちくりさせながらモニターを見ている。モニターには、私の背中とおしりがばっちり映っていた。

「モニターの出力、変えてあるから。タリーランプ点いてないの、気づかなかった？　さっきの次郎丸くんの独白は、オンエアされてない――」

「ど、どこから？」次郎丸くんが、初めて焦った顔を見せた。「どこからオンエアに乗ってないんですか？　あの、ひるねのＶは——」

「ひるねちゃんのＶＴＲも、勇崎さんの不倫独白インタビューのＶも流れてる」私は次郎丸くんを安心させるために、できる限り穏やかに言った。「勇崎さんのＶから降りた後、要するに次郎丸くんが勇崎さんのご遺体を運んで入ってくるちょい前からは、ずっとＰＶ流してる」

私の言葉に、次郎丸くんはへたりこんで「良かったぁ」と、心の底から漏れ出るような声調でこぼした。「Ｖは流れたんですね」

だが、すぐに我に返ったように顔を上げて、

「いいんですか？　爆弾、爆発させちゃいますよ？」

「爆弾はない。何より昨日はこのスタジオは美術さんが一晩中作業してたから、爆弾なんて仕込む時間はない」

私の断言に、次郎丸くんは一瞬何かを考えるように押し黙った後、ため息をついた。

「何だ。そこも気づいてたんですね」

「当たり前じゃん。昨日、夜中に『人狼村のセットの修繕が間に合わないかもしれないです』って美術の伊藤さんが泣きながら私に電話してきてたし」

「修繕してたんだ」

「私が下見に来たとき塗装にコーヒーこぼしちゃって」

「……もし今後もプロデューサーを続けるなら、セットの中に入る時は絶対にドリンクをデスクに置いてから来て下さいね。殺されますよ」

最後かもしれない軽口のやりとり。

私は、次郎丸くんに全てを話してもらうために、彼の側へと歩み寄った。

「全部、ひるねちゃんのためなんでしょ？」自分の言葉が胸をつき刺すのを感じながら、それをおもてには出さずに言い切る。「本当は、ひるねちゃんのスキャンダルが嘘だってことを世間に知らせるために、こんなことしたんでしょ」

次郎丸くんが肩を震わせた。

「なんで、僕とひるねの関係を知ってるんですか」

「それは」私が君を好きだからだよ。「何だっていいじゃん」好きな人の好きな人くらい、見抜けるよ。

ひるねちゃんとはまだ私がディレクターになりたての頃から、何度も仕事をしたことがある。カメラが回っていないときでも、私が話しかけるとすぐに若手ADあるあるを言って笑わせてくれたり、試作品の一発ギャグをやってくれたりした。

売れ始めの頃、一度だけ収録終わりに飲みにいったときの会話は、今でも覚えている。

「ひるねちゃん、売れ始めの頃っていろいろ悩むんじゃない？　芸能界って基本的に才能ある人の集まりだし、どうしてもその人たちと比べちゃうし比べられちゃうじゃん。テレビ番組にお試しで呼ばれて一周してるくらいの頃って、特にタレントさん病みがちだし」

私の問いに、ひるねちゃんは真っ直ぐ答えてくれた。

「大変だなって思うこととか、雑に扱ってくるスタッフさんに腹立つとか、そりゃありますけど。でも、一緒に冠番組やりたいねって言ってる仲間がいるんで。遠めの目標があると、進路がぶれないですね。間違って南に行ったり西北西に行ったり地下にもぐったりせずに、とりあえず北に向けて一歩踏み出すってことはできるんで」

ひるねちゃんは脇が固いので、その仲間の子の名前も、なんなら性別も言わなかったけど、その信頼の強さは、うらやましくなるくらいだった。

それから一年後くらいに、たまたま次郎丸くんの制作会社が担当している番組でひるねちゃんとロケを一緒にやったとき――気づいてしまった。

一日がかりのロケだと、次郎丸くんはたいてい演者と仲良くなれる。一日中行動をともにして、身の回りのお世話を担当するわけだし、特に次郎丸くんは気が利くので演者から気に入られて話しかけられるパターンも多い。なのに、ひるねちゃんとはまったく会話をしてなかった。その割に、時折目を合わせているような、どこか甘い気配を私だけが感じていた。絶対に関係性を気取られないようにしてたんだろうけど、私だけは次郎丸くんがひるねちゃんの〝仲間〟なんだと知った。仲間――あるいはそれ以上の。

だから、ひるねちゃんのスキャンダルが出てから、次郎丸くんが私に企画書を見て欲しいと言ってこなくなったのも、よくよくその心境を理解していた。だから。

「だから、そこまでは――ひるねちゃんの無実を証明するためのＶＴＲまでは、私の責任で絶対流させてあげようと思った。けど、そこまで。

次郎丸くん、サスペンスとかに出てくるみたいな、ただの快楽殺人者とかサイコパスとか、そういうのふりして、あくまでひるねちゃんとは関係ない殺人だって印象づけようとしてたんでしょ。ひるねちゃんのための殺人だったって報道されたら、結局ひるねちゃんに目が向いちゃう。

それこそ最悪なゴシップのネタとして消費される。そうならないように、ただのＡＤが面白半分で勇崎さんを殺して番組を乗っ取ったことにするつもりで、あんな大根サイコパス芝居をかましたんでしょ」

「そこまで分かってて、なんで邪魔するんですか」

素直に答える。テレビプロデューサーとしては失格の価値観かもしれないけど、嘘のない気持ちを。

「私の番組で、そんな次郎丸くんの嘘の姿を全国に流すのは、やだったから」

「どうかしてる……僕のことなんてどうでもいいのに」

「どうでもよくない。よくないよ」

私は絞り出すように言った。

「どんな理由があっても、人を殺したら駄目だよ。勇崎さんの人生も、勇崎さんのご家族の人生も、次郎丸くんの人生だって……めちゃくちゃになっちゃう。そんなの、ひるねちゃんも喜ばないでしょう?」

「そりゃあいつは喜びませんよ、何やったって」次郎丸くんが笑った。

「あいつは今、喜ぶってことをできない状態にあるんです。あれだけ好きだった——全録の機械買って、くそ忙しい時期も寝る時間削って観ながら腹抱えて笑ってたバラエティも、もう観れてないんです」

みぞおちを殴られたように、息が詰まった。ひるねちゃんの現状については、「近郊の病院で療養してる」という、噂程度の情報しか知らなかった。

「あいつは頑張って治療してるし、三年前と比べればだいぶ良くなってはきてる。でも、今くらい高頻度で勇崎恭吾と京極バンビが出まくってるうちは、もうあいつテレビ観れないんですよ」

勇崎さんの遺体の前にしゃがんでいるバンビちゃんがびくりとなるのを、次郎丸くんはあざ笑うように見下ろしている。

「だから、それこそ一石二鳥で。〝勇崎とバンビの排除〟と〝ひるねの名誉挽回〟なんて、めちゃくちゃでかい鳥でしょ。僕の人生程度のちっちゃい石でゲットできるなら、やらない理由ないんで」

唇をぎゅっと噛んだ。そこが涙腺の栓であるかのように押さえつける。

「僕、どうしたらいいですか？　あ、その未来的な話じゃなくて、現実問題として、いまこの場でどうしたらいいかってことなんですけど」

次郎丸くんが両手を上げてそう訊いてくる。無抵抗の所作。

「とりあえず、ハケようか」

次郎丸くんが噴き出した。

「なんすかその言い方」

「いや、別にふざけてるつもりはなかったんだけど……とにかく、警察を呼ぶから、それまで拘束します」

「了解です。しっかり拘束してください」

「次郎丸さん」

立ち上がって移動しようとした次郎丸くんを、呼び止める声。

「どうして、人狼の人数を変えたんですか？」

滝島さんだった。ひるねとの不倫ゴシップに巻き込まれた張本人。

「あのひるねさんのＶＴＲを流したいだけなら、別に、元の役職通りに進めても良かったはずでしょう。わざわざ台本変更して、各出演者に事前に送ったりスタッフに直前で渡したりするリスクを負ってまで、バンビちゃん以外の〈語り手〉を人狼に変える必要はなかったんじゃ？」

滝島さんの問いに、次郎丸くんは良い質問ですねと言わんばかりに顔をほころばせた。

「これは、僕が台本を書ける最初で最後の番組なんで、メッセージを込めました」

滝島さんが続きを促すように頷いた。

「〝ゴシップなんて、九割は嘘か誇張か情報不足。六人いたら五人は嘘つきの人狼。そのくらいの目を持ってくれよ、テレビの前のみんな〟――そういうメッセージです」

そこで、副調整室の鈴木ちゃんからインカムが入る。

《幸良さん、宣伝Ｖの尺残り一分切りました。もう他に流せる素材はないです》

私は深呼吸して、声を張った。

「あと一分で、清水さんの映画の番宣ＶＴＲ降りて、スタジオに戻ってきます。本当に無茶を承知ですが、残り放送尺十分、いったんこの番組はこのまま締めて下さい。勇崎さんの死を世間に公表する場としてふさわしいのは、ここじゃないと思います。この番組は、最後までバラエティで。責任は私が――取れるだけ取ります」

おそらくテレビの歴史において五本の指に入るのではないかという無茶振りに、滝島さんは無言で手を挙げた。請け負った、というように。

仁礼 左馬

「あと一分で、清水さんの映画の番宣VTR降りて、スタジオに戻ってきます。本当に無茶を承知ですが、残り放送尺十分、いったんこの番組はこのまま締めて下さい。勇崎さんの死を世間に公表する場としてふさわしいのは、ここじゃないと思います。この番組は、最後までバラエティで。責任は私が——取れるだけ取ります」

ずっと、夢を見ているみたいだった。死体がおれの疑念通り本物だったこと、その犯人がADの次郎丸さんだったこと、三年前のひるねちゃんのゴシップがでっち上げだったこと。

さっきまで意気揚々と推理を披露していたのが、遠い昔のことのように思えた。恥ずかしいという感情すら湧かなかった。おれ以外の出演者もスタッフも、同じような状態だったんじゃないだろうか。

幸良さんのはっきりとした声が、耳朶(じだ)を打った。

「拘束してください」

その言葉を待っていたというように、セット裏に待機していたらしき警備員さんがAD——次郎丸さんを取り押さえ、後ろ手に手錠をかけた。警備員さんが普段から手錠を携帯しているとは考えづらいので、ドラマ用の小道具かもしれない。

「まだ、スタジオからは出さないで下さい。目を離さず、モニター前に座らせていて下さい」

勇崎さんを殺した人物と同じ空間で、TVをやる。モニターは再び実際にオンエアに乗っている映像を表示するように切り替わったらしく、画面の中では清水さんが来週公開の出演映画の魅力を語り終えつつあった。勇崎さんの遺体は警備員さんによってストレッチャーに乗せられ、下手側にハケていく。バンビちゃんが、幸良さんに手を引かれて円卓の席へと座らされる。

「まもなくです！」タイムキーパーさんの声。

のこり数十秒で、スタジオに帰ってくる。

あまりの心細さに、思わず周りを見た。村崎くんももち子ちゃんも、おれと似たような心境だと一目で分かる目の泳ぎ方だった。誰もこの場面における正解をしらない。

タイムキーパーさんが、不安げながらもよく通る声でカウントしてくれるのが聞こえる。「十秒前、九、八――」

数字が下がっていくごとにおれの心臓の鼓動が速まっているような気に陥る。カウントが明けると、滝島さんのワンショットへと降りた。

「さあ、衝撃の独白ＶＴＲののちにがっつり番宣Ｖをお届けするという斬新なスタイルでしたが、いかがでしたでしょうか。来週公開『恋の苑』、ぜひ劇場に足をお運び下さい。そして、村崎くんも、新曲のＰＶ、素晴らしかったですね」

何事もなかったかのように振られ、村崎くんが飛び上がりそうな勢いで「は、はい！」と叫んだ。それ以上のコメントを求めるのは無理だと踏んだのか、滝島さんはそれ以上深追いせずに、おれの方へと身体を向けた。来る。

「それでは改めて――『ゴシップ人狼２０２４秋』。途中いろいろと映像が流れましたが、ゲームとしてはまだ続いております。本来なら〈投票タイム〉に移るタイミングですが、仁礼くんが見事、すべての人狼を的中させました。勝者は、ただ一人の村人——仁礼左馬くんです！」

少し遅れてSEが鳴る。ファンファーレのような、どう考えてもこの場に似つかわしくない祝福のメロディが流れる。

幸良Pの指示通り、勇崎さんの死に触れないようにする気だということがおれにも理解できた。勇崎さん殺人事件の方には触れず、あくまで人狼の方だけを処理して終えるつもりなのだ。

ここで、何をコメントすべきなのか。

この放送を終えたあと、きっととんでもない激震とともに、「勇崎恭吾死亡」のニュースが世の中を駆け巡る。この『ゴシップ人狼2024秋』の映像も、きっと違法アップロードが無数に出回っていく。大半は主要な箇所の切り抜きだろうが、フルでアップロードされるパターンもあるはずで、ここでのおれの発言が残り続ける可能性は十分にあった。

適当なコメントはできない。

〝コメントに迷ったら、制作者の意図を考えろ〟——かつて、相方がおれに教えてくれた言葉。

相方はつねに俯瞰（ふかん）して物事を見る奴なので、スタッフのやりたいことや欲しい画を逆算してコメントしたりつっこんだりリアクションしたりする。おれにはその能力はないけど——ないなりにベストを尽くす必要がある。

この場における制作者とは——彼のことだろう。

彼はご丁寧に、制作者の意図をさっき説明してくれていた。

なら、その意図に沿ってあげることが、演者としていまおれができる唯一のことだ。

おれの記憶力には定評がある。

「滝島さん」おれは、ありったけの勇気を振り絞って、振った。「六人中五人が人狼って、さすがに意地悪すぎるなって思いました。おれが見抜いたこと、褒めて欲しいです。ただ、それ以上におれ——なんか、メタファーというか、込められた思いというか、そういうの受け取ったかもしれません」

あまりにも不自然で下手くそなパス。

「というと？」

だが、滝島さんは真剣なまなざしで、おれにだけ見える円卓の陰で、親指を上げてくれた。

「これはね、言うのも野暮かもしれませんけど言わせてもらいます。この台本書いた、制作者の思いを」

おれは、カメラを睨むように見据える。

「〝ゴシップなんて、九割は嘘か誇張か情報不足。六人いたら五人は嘘つきの人狼。そのくらいの目を持ってくれよ、テレビの前のみんな〟」

カメラ目線——カメラの向こうにある何千万の眼球と、目を合わせて。

「そういうメッセージを、おれはここで推理して受け取りました」

一言一句違わず言えた。残り放送時間六分。

京極 バンビ

「ゴシップなんて、九割は嘘か誇張か情報不足。六人いたら五人は嘘つきの人狼。そのくらいの

りました」

目を持ってくれよ、テレビの前のみんな。そういうメッセージを、おれはここで推理して受け取

仁礼がカメラ目線でそう言うのを、どこか遠い国の映像のようにあたしは眺めていた。

恭吾くんの死。次郎丸ＡＤの――ひるねの大切な人からの、殺意。

その源は、あたしと恭吾くんがひるねにした仕打ちにある。

「さあ、それではのこり五分でお別れの時間ですが、一人ずつ感想を聞いていきましょうか――」

滝島がなんとか締めようとしているのを横目に、あたしは立ち上がった。いちばん手近にあったカメラへとつかつかと歩み寄る。

そのレンズに向けて――その向こうにいない相手に向けて、あたしは言った。

「ひるね、ごめん」

頭を下げる。可能な限り深く。

「あたし、売れるためなら、売れ続けるためなら何してもいいって思ってた。大麻してる奴も、覚醒剤してるやつもいるし、芸能人の友だちから仕入れた噂を使って上手く週刊誌とコネクションつくって渡り歩いてるようなやつとか――みんな、そういうことやってるって思ってた。きらびやかな表側と同じくらい、黒くて汚い裏側がある世界なんだからって思ってた。そんなの何の言い訳にもなんないけど、あたしのしたことは許されないことだけど、謝っても意味ないけど、」うまくまとまらない。一番言いたいことだけが、口をついて出た。「それでも――本当にごめんなさい」

演技じゃない。自然と声が震えた。

「ひるねがまたテレビ見れるように、あたしもう辞めるから。タレント辞めるから。治ったらまた、テレビ、観てほしい」

幸良 涙花

「ひるねがまたテレビ見れるように、あたしもう辞めるから。タレント辞めるから。治ったらまた、テレビ、観てほしい」

バンビちゃんが腰よりも低く頭を下げる様子を、次郎丸くんが無感動な目でモニター越しに眺めていた。その辺で余ってたキャノンケーブルで、手錠の上からさらに後ろ手を椅子に縛りつけられている。

「どのみち、謝っても謝らなくても、ひるねには届かないけど。それでも、少しでもひるねのあのスキャンダルが嘘だって事実を補強してくれる要素になるなら、こっちにとってはメリットですけどね」

「きっと、ひるねちゃんのスキャンダルが嘘だったことはちゃんと広まると思う。病院、教えてくれたら、お見舞いいくから。もし、伝言とかあったらつなぐし。逆にひるねちゃんから差し入れとかあったら、私が持ってくし」

「刑務所に？」

「刑務所に」

「刑務所と病院の間を行き来する生活、相当しんどそうですね」

「バラエティ作るのとどっちがしんどいかな」

「いい勝負ですね」

画面の中では、ひたすらバンビちゃんが謝り続けている映像がつづいていた。指示を求めるインカムが飛んでくるが、そのまま続けさせるように返す。もうこれ以上の締め方はない気さえしてくる。残り放送尺、二分。

次郎丸くんがぽつりと、口を開いた。

「幸良さんがさっき言ってたこと、一つだけ間違ってたとこがあります」

「間違ってたとこ」思わずオウム返し。鼓動が速まる。

「爆弾は、ちゃんと本当に仕掛けました。昨日じゃなくて二日前に。ちょうどこのスタジオで泊まり込みの仕込みがある日だったんで、その時に。さっきは得意げに『前日は美術の修繕してたから無理』って言われてましたけど、別に前日に仕掛けたとは限らないんだから……その辺の詰めが甘いところが、幸良さんですよね」

次郎丸くんが手錠をされたまま、尻ポケットに手を伸ばしてスマホを取り出す。

「駄目！」

思わず私はそのスマホをはたき落とした。そのスマホを手に取ると、まだホーム画面のままだった。何かのアプリやプログラムが起動された様子はない。ふう、と息を吐く。

だが、次郎丸くんの表情は変わらなかった。

「関係ないです。時限式です。放送終了の一分前――二十二時五十二分に設定してあります」

私は次郎丸くんを見た。目線がぶつかり合う。冗談を言ってる感じじゃない。嘘のない、全てをやり切ったという目。

「と、止めて！　今すぐ――」

「幸良さん」次郎丸くんが名残おしそうに、「ひるねのこと、よろしくお願いします」

セットの中では、バンビちゃんがずっと深々と頭を下げ続けている。

「さあ、ちょっとこれはどう終わらせたらいいのかな？　こんなに分かりやすく進行失敗してるケースもなかなか無いと思いますけど――」滝島さんが焦って変なＭＣをしてしまっている、そのとき。

破裂音がスタジオに響いた。

甲斐 朝奈

《さあ、ちょっとこれはどう終わらせたらいいのかな？　こんなに分かりやすく進行失敗してるケースもなかなか無いと思いますけど――》
そのＭＣを引き裂くような破裂音とともに、スタジオに何かが降り注いでいた。きらきらとした光の粒と、細かな破片のようなもの。カメラがＭＣのアップになると、それが花びらであることが分かった。ばらばらになった花弁ではなく、茎からそのまま取ってきたような花。あざやかなピンク色――イースターカクタス。
それが予定外の演出らしいことは、ＭＣの困惑した表情ですぐに分かった。

《えー、本当なら人狼当てられたところで鳴るはず……だったんですかね？　ちょっと分からないですけど、お時間です！　ゴシップ人狼２０２４秋、でした！》

無理矢理としか言いようのない締めのコメント。スタッフロールなどは特になし。すぐにＣＭが始まり、番組が終わったことが分かる。ほとんど放送事故に近い終わり方。

「どうだった、ひるねちゃん？」

敢えてなのか、芸名で呼ばれる。息が詰まって、いま何を発声しようとしても裏返って変な声になってしまいそうで、何も言えない。聞いたことのない商品のＣＭが流れている。

わたしは深呼吸して、小羽石さんに尋ねた。

「あとどのくらいで、着くんでしたっけ？」

「結構前に、拾えたから向かうって連絡きてたから――そろそろ到着すると思うけど」

小羽石さんがそう言うのと、インターフォンが鳴るのが同時だった。このマンションはオートロック式だが、事前に来客登録ができる。当然、この来訪者の生体ＩＤ――もちろん二人のうちの一人だけだけど――は登録しているので、下のエントランスのオートロックはパスできる。玄関前までもう来てるのだ。

心臓が高鳴る。

どんな顔をすればいいのか分からない。焦りで身体がどんどん熱くなる。変な汗が節々からにじみ出てくる。身体が強張って石みたいになる。

そんなわたしの様子を察してか、小羽石さんは「おれが出るね」と言って玄関へとすたすた歩いていった。わたしはどうしたら良いのか分からず、とりあえずソファに座ってるのは違うかなと思って立ち上がった。

玄関の方から話し声が聞こえる。

「仁礼さん、お久しぶりですね」

「ちょっと、オフの時は芸名で呼ばないでって言ってるじゃないですか……あれ、彼は？」

「ちょっと一回呼吸整えるって。先に私だけ来ました」

ドアが開かれ、小羽石さんとともに、幸良さんが入ってきた。

「あ、なんかごめんね、先に私だけ来ちゃって。その、彼はいまちょっと呼吸整えてるんで、お待ちを」気まずそうに笑う幸良さん。

「ああ、ちょうどいま、ゴシップ人狼見てたんですよ。あの時の」

小羽石さん――仁礼さんが、手元のリモートコントローラーと呼ばれる機器を操作して、画面を止めた。もう長らく名前を聞かない化粧品ブランドのＣＭで、画面が止まる。

「え、マジですか？　あ、ほんとだ、テレビある。どうしたんですか、これ？」驚く幸良さん。

「おれの家からわざわざテレビとハードディスク持ってきたんですよ、当時は自分が出てる番組全部録画してたんで」

「その……ひるねちゃん、大丈夫？　観れた？」

機器的な意味なのか、精神的な意味なのかはかりかねたが、わたしは素直に答えた。

「観れました」

「そっか、それは――」幸良さんが途中で言葉を止めた。がらがら、と窓が開く音。幸良さんの言葉を引き継ぐように、男の人の声。

「それは良かった、制作者冥利に尽きる」

背後に突然現れた気配と声に、わたしは自分でも驚くほどの悲鳴を上げた。悲鳴を検知した防犯システムが部屋中にアラートを鳴り響かせる。わたしは反射的に右手をかざして狐の形を作って止めた（これをアラート解除モーションに設定しているのだ）。

わたしは、くるりと振り返って、ベランダの窓を見た。

開いた窓から、夕弥が入ってきていた。

「次郎丸夕弥、十二年の懲役を終えて戻ってまいりました」

わたしは洗濯乾燥機みたいに強く小刻みに震動する胸を抑えながら、ひとまずいちばん手前の質問を口にした。

「なんで窓から入ってこれたん」思わず地元の言葉が出てしまう。

「仁礼——小羽石さんに、非常脱出口の鍵開けといてもらった。すごいね、今時の家はそんな設備があるんだね」

そういえば、小羽石さんさっき煙草吸うって言ってベランダ出てたな。医師免許もってるくせに今時煙草吸うのかよ、って思ってたけど、窓の鍵を開けとくための嘘だったのだ。

「昔、お前が家の鍵とスマホと財布なくしたとき、隣のマンションの階段からベランダに飛び移って窓から入った話思い出して、再現してみた」夕弥がいたずらっぽく笑う。四十代とは思えない、あどけなさで。「どう、驚いた？」

「ふざけんな、初めてARレンズ着けたときより驚いたんやけど」

「いやそのたとえ、十二年刑務所にいた人間には通じんのやけど」

故郷のなまり。

ぷつん、と何かが切れた音がした。

ひと呼吸分の間。小羽石さんと幸良さんがぽかんと口を開けている。夕弥はどこか遠い目をして、わたしを見つめている。

わたしは、声を上げて大笑いしていた。

こんなに笑うのは久しぶりすぎて、笑ってる事実そのものが面白くなってきて更に笑うというよく分からない無限ループが発生して、息切れして声が止まるまで笑い続けた。

「笑いすぎだろ」

夕弥が呆れたように言った。

「ほんと、馬鹿やろ。てか、無駄に窓から入ってくるなし。幸良さん、止めてくださいよ」

「いや、おもしろに吸い寄せられちゃう性分で」

幸良さんがいたずらっぽく舌を出した。幸良さんには入院中ずっと助けてもらったので、これ以上強く言うことはできない。

わたしはあらためて夕弥に向き直った。

「罪、償ってきた」夕弥がまっすぐわたしを見つめた。

「うん。それについては、わたしは何も言わん。番組の感想も、言わんよ。感謝もせん」

「それでいいよ」

「ただ一つ言わせてもらうなら」わたしは、番組を見ながら、言おうと思っていた言葉を口にした。「あんな、大事故みたいな放送が、次郎丸Dが台本書いた唯一の番組でいいわけ?」

わたしの挑発に、夕弥は一瞬だけ呆気にとられたような顔をした。だがすぐに顔がぱっと明るくなる。

「ばーか」無造作を装うように、左側頭部をかきむしりながら。

「お前がいま笑えてんなら、大成功だろ」

その台詞に、ああこういう奴だった、という、安堵のような感情が広がった。実は、きざを極めたような人間なのだ。なにしろわたしの芸名を決めようってなったときに「朝奈と夕弥の間をとって、昼がつく名前にしようぜ。朝昼夕ぜんぶの時間で露出できるくらいのタレントになれるように」と、無駄に詩情がある提案をしてきた男なのだから。

「ま、今日くらいはのんびり、復活の喜びでも感じよう」

夕弥はそう言って、あざやかなピンクの花を胸ポケットから取り出して差し出してきた。

装画　maniko
装丁　観野良太

本作は書き下ろしです。

森 バジル（もり　ばじる）

1992年宮崎県生まれ。九州大学卒業。会社員。
2018年、第23回スニーカー大賞《秋》の優秀賞に選ばれ、文庫『1/2―デュアル―死にすら値しない紅』を刊行。2023年、『ノウイットオール　あなただけが知っている』（「ノウイットオール」より改題）で、第30回松本清張賞を受賞し、単行本デビュー。

なんで死体(したい)がスタジオに!?

二〇二四年六月三十日　第一刷発行
二〇二四年七月　五　日　第二刷発行

著　者　森(もり)バジル
発行者　花田朋子
発行所　株式会社 文藝春秋
〒一〇二-八〇〇八
東京都千代田区紀尾井町三-二三
電話 〇三・三二六五・一二一一（代表）

印刷所　大日本印刷
製本所　大日本印刷
組　版　ＬＵＳＨ

ISBN978-4-16-391863-1